APOLOGUES

ET NOUVEAUX

CONTES EN VERS.

APOLOGUES

ET NOUVEAUX

CONTES EN VERS,

Par M. NOGARET, (Félix)

Doyen des Associés de l'Académie des Sciences et beaux Arts de Marseille, Membre de la Société Littéraire de Bruxelles, etc.

Quæsitaque tenax quæsita reservet.

ORLÉANS,

De l'Imprimerie de DARNAULT-MAURANT, rue des Basses-Gouttières, n°. 2.

JUILLET 1814.

TABLE
DES PIÈCES
CONTENUES DANS CE VOLUME.

LIVRE PREMIER.

TABLE.

LIVRE DEUXIÈME.

TABLE.

LIVRE TROISIÈME.

LIVRE QUATRIÈME.

TABLE.

Fin de la Table des Apologues.

AVIS DU LIBRAIRE.

Les Apologues qui composent ce petit
Recueil n'étant pas tous des Enfans
trouvés , nous avons cru devoir distinguer ceux que l'auteur s'est appro-
priés de ceux dont il s'avoue le père.

Nous mettrons les lettres majuscules
IM. (*Imitation*) au-dessous des titres
de tout Apologue que l'auteur a essayé
d'embellir : le reste est de son invention.

GRAVURE.

Elle représente l'auteur bouquinant , exposé
à une averse, symbole de la pluie et de la grêle
qui le menacent.

Esope paraît dans le lointain sur un piedestal.
Cette figure (peu connue) est une copie fidèle
de l'Esope découvert par M. *Visconti*, et que
M. *Denon*, constant ami des sciences et des
arts, leur a fait transmettre à l'aide du burin.

Sur le devant on voit Boniface Chretien,
. . . . « imprimeur et libraire,
» et tenant sa boutique auprès de St.-Hilaire ».

A MON LIBRAIRE.

Paris, 3 Janvier 1814.

Je ne vous ai pas caché, Monsieur, que parmi
les *Apologues* dont nous formons aujourd'hui
un Recueil, il s'en trouve quatre ou cinq qui
ont été imprimés à Nantes, *il y a quarante ans,*
avec des citations, en preuve que beaucoup de
FABULISTES se montrent parés des plumes
du Paon. Mes réflexions adressées au Rev. père
Griponi, sur le plagiat silencieux, ont *la même
date :* ainsi vous auriez tort de voir en moi un
homme qui, prenant part à différentes querelles
étrangères à mon entreprise, vient figurer *encore*
sur le champ de bataille :

Je suis loin, très-loin de me croire de force
à embrasser le tronc de l'arbre littéraire et à en
atteindre les grosses branches, au nombre desquelles je mets *l'art dramatique.* J'ai exercé
pendant sept ans la censure des pièces de théâtre,
oui ; mais l'art est difficile, et c'est parce que
je l'ai éprouvé que, papillon d'un jour, je me
contente d'aller voltigeant aujourd'hui sur les
feuilles vacillantes du grand arbre, et sur les
fleurs qui brillent à l'extrémité de ses rameaux.

Dans le fourré de l'arbre se perchent et chantent bien ou mal des Oiseaux, du ramage desquels je ne me mêle *point du tout.*

En ma qualité de papillon fabuliste, pillard plongeant m'a trompé dans le calice des fleurs dont le nectar me convient ; si dans mon vol sinueux, je me trouve croisé par quelqu'autre mon semblable, tournoyant autour de moi, infatué de ses couleurs ; je le considère, je l'examine, et je dis d'où lui vient l'éclat que sa vanité s'attribue : *je ne sors pas de là :* je vous prie de me croire là-dessus de la meilleure foi du monde.

Je laisse *Melpomène* et *Thalie* tranquilles dans leur empire. Insecte trop souvent poursuivi, pour avoir eu l'étourderie de chatouiller, en passant, le nez de quelques personnages qui s'attendaient à plus de respect ; mon inconstance et mon vagabondage prouvent que je n'ai point eu d'autres précepteurs que la folle Erato, la Nature et l'Amour.

Les circonstances rendent nécessaire la déclaration que je vous fais. Voilà plus de *cinq ans* que je diffère de mettre au jour ces bagatelles et les réflexions qui les accompagnent, de crainte d'être soupçonné de sortir du cercle où la nature me tient plus étroitement emprisonné que ne le fut Antiochus, dans celui que traça autour de sa royale personne l'impérieux ambassadeur des Romains.

Je vous prie, au surplus, de ne pas insister sur la proposition que vous me faites de substituer le mot FABLE au mot APOLOGUE : j'ai mes raisons pour conserver ce dernier de préférence.

J'ai l'honneur d'être,

Monsieur, votre très-humble serviteur,

NOGARET. (FÉLIX)

ARISTENÈTE
ET CORÉBUS.

CORÉBUS, *entrant dans le cabinet*
de l'auteur.

QUE fais-tu là cousin ?

ARISTENÈTE, *entouré de bouquins.*

Je quête ; j'emprunte à droite et à
gauche ; je m'habille aux dépens d'autrui.

CORÉBUS.

Quel aveu !

ARISTENÈTE.

Mon ami, je ressemble au coquillage
que l'on appele, *la vieille friplère* ; je

2

me couvre de coraux, de perles, d'algues marines, de tout ce que je rencontre. Ainsi déguisé, je dois, comme elle, passer à la barbe de l'ennemi, sans être reconnu. Ce que mon enveloppe offrira de brillant pourra même être applaudi, comme à moi appartenant.

CORÉBUS.

Tu le crois !

ARISTENÈTE.

Pourquoi non ?

CORÉBUS.

C'est que ton manége est le même que celui de tous les *conteurs* et de tous les *fabulistes* : vous ne vivez que de larcins, on le sait, et vous excitez tous la défiance.

ARISTENÈTE.

Cela se peut. Cependant la conduite

de quelques-uns diffère un peu de la mienne.

CORÉBUS.

J'entends : tu mets quelques personnes dans la confidence, moi par exemple, et par forme de conversation. Porte close, c'est au lecteur qu'il faudrait te confesser.

ARISTENÈTE.

Eh bien qui t'empêche de le faire en mon nom ? N'es-tu pas mon ami, mon conseil et mon éditeur ?

CORÉBUS.

Je le ferai volontiers, puisque tu y consens : nous pourrons, à la suite de tes apologues, offrir de tems en tems avec tes plagiats, quelques-uns de ceux d'autrui. Ce que je vois en cela de plus avantageux pour toi, c'est que tu ne seras pas seul de ta bande.

« L'exemple sert ; l'exemple nuit aussi ».

Enfin nous prouverons que tu as pu
voler, puisque tout le monde vole :
ce n'est pas là ce qui m'embarrasse. Je
vois quelque chose de plus sérieux à
appréhender. S'il faut te le dire, je
te trouve bien hardi d'écrire encore
dans un genre, devenu si difficile par.
les succès de ceux qui s'y sont distingués,
que quiconque s'y essaye est d'avance
réprouvé par la prévention.

ARISTENÈTE.

Je sais que je risque beaucoup ; mais
regarde : tiens, voici par où je débute.
Peut-être tu ne seras pas mécontent
des raisons que j'apporte, pour me
faire pardonner ma *tentative*. Au surplus
si j'échoue, je n'en serai pas surpris,
et mon deuil en est fait.

ARISTENÈTE *au lecteur.*

CORÉBUS. (*Il lit.*)

« J'ai cru pouvoir , sans orgueil ,
» m'amuser à faire des CONTES en
» vers : j'en ai donné la raison en tête
» des deux volumes que j'ai composés
» en ce genre, et dont la cinquième
» édition me donne lieu d'espérer que
» je n'ai peut-être pas présumé trop
» avantageusement de mes moyens.

» Quant aux FABLES , c'est autre
» chose, je me borne à des ESSAIS.
» Pourquoi cela ? C'est que *Lafontaine*
» me paraît savoir la pensée des ani-
» maux, comme s'il en avait été le
» créateur : c'est qu'il les connaît et
» parle leur langage comme si son ame
» (après avoir voyagé et séjourné dans
» le corps de tous) fut enfin venue

» occuper son *sensorium* , dont tout
» émane ` c. genre , moins comme
» des approximations que comme des
» souvenirs.

» Le Conte exige peu, j'en viens à bout sans peine.
» Depuis assez long-tems, parcourant son domaine
» J'ai, dans mes vers badins, narré les malins tours
» Que font, en divers lieux, Cypris et les Amours.
» J'ose mettre, un moment, des animaux en scène,
» Un moment, c'est assez : je pense à Lafontaine !..

» Fable à qui nous devons si peu de bons écrits !
  » Fille aimable de la nature !
» Ta rigueur ne fait rien qu'enflammer les esprits.
» Tu sembles repousser tous ceux que tu séduits ,
» Et chacun, avec toi, veut tenter l'aventure !
» Dans tes jardins battus, si j'ai cueilli des fleurs,
» Si quelquefois j'eus part à tes rares faveurs ;
  » Je veux bannir de ma mémoire
» Le charme dangereux d'un bonheur décevant :
» J'aurais trop d'envieux pour un bienfait si grand !
  » Ah ! loin que je m'en fasse accroire,
» Je tais jusqu'à ton nom, comme un timide amant.

 » Enfin, s'il faut le dire, je suis d'une

» poltronerie peut-être *sans exemple*,
» quand j'entreprends un APOLOGUE,
» et je ne suis pas exempt d'une sorte
» de confiance, quand je m'amuse à
» faire un CONTE. Quelles peuvent
» être les raisons de ces situations si
» opposées ? Les voici.

» La *pensée* de l'ANIMAL est bornée
» à l'instinct que chacun, dans son
» espèce, a reçu de la nature, et qu'il
» conserve *invariablement* toute sa vie.
» C'est un cercle étroit, dont ne peut
» sortir quiconque ose entreprendre de
» faire parler des ANIMAUX.

» La conversation de l'HOMME varie
» en raison de ses lumières, du jeu de
» ses passions comprimées par les lois,
» et des conventions sociales *étrangères*
» aux ANIMAUX.

» Le cercle devient ici beaucoup plus
» vaste ».

Un bon FABULISTE est d'autant plus miraculeux qu'il a moins de ressources. Le CONTEUR en a mille : ce sont des HOMMES qu'il a à peindre ! Voyez Bocace, voyez l'*Arioste*, quelle fécondité ! Voltaire approche de ce dernier dans sa Pucelle, mais de *Lafontaine* ! aucunement ; témoin son essai sur les filles de *Minée*.

Où l'*esprit philosophique* décèle l'HOMME, les ANIMAUX ne sont plus reconnaissables.

Tout le monde fait des *fables* ; oui, comme tout le monde fait des vers. Tout le monde aussi peut se faire une habitation ; mais tout le monde n'est pas architecte au degré des hommes de génie qui ont inventé les cinq ordres.

Les sauvages ont des huttes construites de branches d'arbres, de filasse et de gazon : la bauge tombe et les pyramides restent.

« Convaincu de cette vérité, je m'en
» tiens donc à des Essais dans le genre
» de l'Apologue, et je n'en donne qu'un
» petit nombre : ainsi je perdrai moins
» qu'un autre. J'ai d'ailleurs présent à
» l'esprit la fable du Crapaud et du
» Ver luisant.

» Ce qui pourrait, sinon me sauver
» du naufrage, au moins me mériter
» quelque indulgence, c'est que je ne
» donne point le nom de Fable aux
» productions qui vont suivre. Ce mot
» est pour moi ce qu'était le mot Jéhova
» chez les Hébreux ; mot qu'ils ne
» pouvaient prononcer, sans s'exposer
» à tomber à la renverse ».

CORÉBUS.

C'est agir et parler sensément : j'ai

peine à croire que les gens les plus
difficiles ne te pardonnent pas d'avoir
osé mettre un pied en avant dans la
carrière. Prends ton élan, cours : si tu
fais la culbute tu trouveras, chemin
faisant, de quoi te consoler.

APOLOGUES.

LIVRE PREMIER.

LE CASTOR ET LE LIMAÇON.

PROLOGUE.

FRÈRES, parmi les animaux,
Je vois grand nombre d'architectes
Grands et petits ; dans l'air, à nos pieds, sous les eaux.
Le Polype en famille habite les coraux :
Cet arbre m'offre un nid, et ce mur des rézeaux.
L'homme vit entouré des preuves non suspectes
De ces admirables travaux.
Buffon s'attache au grand, il fait de grands tableaux :
Réaumur s'en rapproche en peignant les insectes.
Si j'en parle aujourd'hui, si je touche aux pinceaux
De ces mortels, tous les deux si sublimes ;
Ce n'est pas à dessein d'accorder dans mes rimes
La primatie aux vermisseaux :
Tout l'honneur, au contraire, est pour un quadrupède :
Un insecte l'écoute, et s'instruit, et lui cède.

Un jour, en certain lieu du pays boréal,
Un habile ouvrier que vous devez connaître,
Des Mansards, des Perraults l'industrieux rival,
Leur modèle ! Un Castor debout à sa fenêtre,
Prenait, tout à la fois, bain d'eau fraîche et bain d'air.
Son logis, comme on voit, est tout-à-fait commode :
Il a, de ces deux bains, amené la méthode.
Le Castor est habile, et pourtant n'est pas fier ;
Il veut tout voir, il observe, il raisonne ;
Il critique, parfois ; mais la grace assaisonne
      Les leçons de l'observateur.
Comme le nôtre est-là, sybarite-penseur,
Exerçant son esprit, et soignant sa personne ;
      Une Nérite, sans façon,
Grimpant le long du mur, à ses yeux se présente.
      La Nérite est un Limaçon
      De ceux-là que Thétis enfante,
    Ou même encor tel autre Dieux des eaux,
      Qui ne jette pas l'épouvante,
    Et dont le front n'est ceint que de roseaux.
Mon voyageur s'avance, étalant sa parure,
Fruit des sucs repompés de ses nombreux canaux,
Petit toit rubané, d'agréable structure,
      Qui, chatoyant sur son gros dos,
De l'écharpe d'Iris offre la bigarure !
L'œil en est satisfait ; mais tout à ses défauts.
Salut, dit le Castor ; approchez ma voisine :
Si vous le permettez, on vous dira deux mots,

La Nérite est honnête : elle courbe, elle incline
De son modeste front les mobiles tuyaux,
Comme on voit un sergent que la guerre endoctrine
Devant son général abaisser ses drapeaux.
L'animal à truelle, ami de la nature,
Du jeu de ces ressorts s'étonne avec raison;
Il en admire la structure,
Les mouvemens divers, et demande à quoi bon ?
La Nérite, qui trouve un sage,
Ne fait nulle difficulté
De s'expliquer, de révéler l'usage
Du quadruple instrument qui fait sa sûreté.
Ces flexibles conduits, que vous voyez, dit-elle,
Vous offrent tout ensemble et mes yeux et mes mains.
Ainsi je vais tâtant, lorgnant par les chemins...
De mille objets la rencontre est mortelle ;
Tout le monde a ses ennemis :
Je vois les miens, j'y touche, et mes sens avertis
Me font rentrer dans ma chapelle.
Admirez maintenant ces louches beaux esprits,
Mortels ignorans et profanes,
Qui s'en vont plantant nos organes
Sur le front de certains maris !
Ceux-ci verraient plus clair; mais l'homme à la manie
De parler sans savoir, et si légèrement,
Qu'une huitre, cette masse informe et sans génie,
Jugerait plus pertinemment.
A la sottise encore ils joignent la folie.

3

Tous les jours on les voit, tranquilles assassins,
Mutiler par milliers nos frères des jardins...
Avec un fer croisé, crac, sans cérémonie,
On nous coupe la tête : un docteur a rêvé
Qu'il en repousse une autre, et nous perdons la vie
    En attendant que le fait soit prouvé.
Notre espèce est à plaindre. -- Oui , repart
                    l'amphibie.
  Les Limaçons, je crois, n'étaient pas nés
Pour être les martyrs de la philosophie,
Qui se fait un sot jeu de leur couper le nez.
Mais tout le tort n'est pas à qui vous le donnez
    Entre nous vos deux télescopes
Ne vous préservent pas tellement du danger,
Qu'un subtil ennemi ne se puisse engager
    Sous vos superbes enveloppes,
    Vous tuer et puis vous manger.
De vos pareils souvent la maison est déserte :
Tenez, voyez là-bas ; la rive en est couverte.
Qui fit tous ces dégats ? Ce ne sont pas les fous
Qui, pour voir un prodige, ont juré votre perte.
Ma mignonne, un défaut que je remarque en vous,
    C'est de coucher la porte ouverte !
La critique était juste ; aussi le Limaçon
    Pour son bien sagement crédule,
Rendit grace au Castor ; et mon petit maçon,
    Fit avec art un opercule
    Qui l'abrita dans sa maison.

La Critique est utile, et je lui rends hommage.
Heureux qui la mérite, et, docile à propos,
   Perfectionne son ouvrage !
Parlez, graves censeurs de mes légers travaux
   Je ne suis pas inattaquable :
      Dites-moi bien tous mes défauts,
      Vous me rendrez invulnérable.

LA POUSSIÈRE ET LE ROCHER.

Eripitur persona manet res.

Persépolis n'est plus, ses chapitaux épars,
Brisés, pulvérisés, échappent aux regards.
     Ramassez de cette poussière
     De ces parcelles d'un grand tout
     Dont parle encor la terre entière !
Ce n'est rien pour les yeux, pour l'esprit c'est
                 beaucoup.

     Tout nous parle dans la nature,
Et nous fait réfléchir et semble nous prêcher ;
Témoin ce que j'ouïs, me trouvant d'aventure,
     L'autre jour au bas d'un Rocher.

     Triste avorton ! corps chétif ! vil atôme !
     Ne suis-je pas ton seigneur et ton roi ?
Qui te rend si hardi d'arriver jusqu'à moi ?
     Je suis inaccessible à l'homme ;
Ma tête touche aux cieux, ma base est aux enfers,
Et ce sable, ce rien que l'on nomme poussière,
Viendra salir mon front ! -- Rends-moi donc moins
                 légère ;
J'obéis aux Autans, ces fiers tyrans des airs !
-- Moi je les brave. -- Bon ; mais, si l'on t'examine,

On verra bientôt que le tems,
Le tems qui détruit tout, pese sur toi, te mine
Et te dégrade tous les ans.
Ta tête touche aux cieux ! Il est vrai; mais la foudre
Qui la brise ainsi que tes flancs,
Ne fait naître au moment qu'elle te met en poudres
Ne méprises pas tes enfans.

LES MOINEAUX FRANCS

ET LE SEIGNEUR CHATELAIN.

Un jour des Moineaux francs par un jardin
                              passèrent ;
De beaux raisins dorés aussitôt les tentèrent :
Le maître les guettait : « Larrons du bien d'autrui,
» Vous pillerez ma treille ! Et non, non, je l'espère :
    » Vous périrez ». Il dit, et le voici
        Qui sur eux lance son tonnerre.
Cruel ! et si la foudre ainsi tombait sur toi ;
Que deviendraient tes fils, ta plus chère espérance ?
    Ton cœur l'oublie : il faut rentrer en soi,
Pour sentir le besoin, le prix de l'existence !..
Près de-là cependant, sans trouble, sans effroi,
Cent oiseaux plus heureux vivaient dans l'abon-
                              dance.
De cet autre verger le maître plus humain,
Les laissait en tout tems chercher leur nourriture.
    Aussi, dans ce riant jardin,
Sous les dômes flottans d'une épaisse verdure

Nos chantres emplumés, célébrant la nature,
Et sans doute leur hôte,.. y gazouillaient sans fin ?
D'un Rossignol surtout la voix enchanteresse
En sons précipités éclatait dans les airs :
La Fauvette qu'il aime, admise à ses concerts,
Y venait animer sa pétulente ivresse.

Un jour qu'on écoutait avec émotion
Le rival séducteur d'Orphée et d'Amphion ;
Un moineau, digne enfant de cette république ;
Dit : Messieurs, c'est bien fait que d'aimer la
                              musique ;
Mais de grace, un moment... entendez - vous
                              des cris ?
— Aucun. — Ecoutez bien, ...là-bas, ...dans ces
                              taillis !
    Le bruit part de différens nids.
Le bonheur est ici ; plus loin sont les misères :
Tout-à-l'heure un barbare a foudroyé nos frères ;
Secourons les mourans, et sauvons les petits.

~~~~~~

ÉSOPE JOUANT AUX NOIX.

(III.)

La simplicité d'un sujet
N'empêche pas qu'on ne le traite.
Celui-ci, tout simple qu'il est,
S'embellira de l'intérêt
Que le nom seul d'Ésope y jette.

On lit dans Phèdre qu'autrefois
Un railleur, (sot et plat critique)
Avec quelques enfans, dans la place publique
Vit Ésope jouant aux noix,
Et tout à coup se mit à rire.
Le vieillard l'apperçut : besoin il'est de vous dire
Qu'il méprisait les sots ; et n'était pas d'humeur
A se laisser railler, lui si malin railleur !
Il prend un arc, et puis, d'un air moqueur,
Le pose à terre en pleine rue.
Notez que de cet arc la corde est détendue.
Hola ! dit-il ensuite, approches bel esprit !
Voyons, expliques-moi ce que je viens de faire.
Le peuple d'accourir. Le railleur interdit
Regarde l'arc, il réfléchit,
Vingt fois se bat le front sans se tirer d'affaire ;
Bref il convient qu'il est vaincu,

Mon philosophe alors : « cet arc figure un sage,
» Qu'énerverait bientôt un travail assidu.
 » Apprends qu'un arc toujours tendu
 » N'est pas long-tems d'un bon usage ».

∿∿∿∿∿∿∿∿∿∿∿∿∿∿∿∿∿∿∿∿∿∿∿∿∿∿∿

LE FOURMI-LION.

DANS un sable sec et mobile,
Fourmi-Lion (*), au pied d'un vieil ormeau,
    Avait creusé son domicile.
Au centre de sa fosse, ainsi qu'en un tombeau,
Sous le sable tapi, le drôle en embuscade,
Depuis un mois et plus attendait son dîner.
    Un gourmand va s'imaginer
    Qu'il devait être bien malade.

─────────────────────

(*) Personne, je pense, n'a peint jusqu'ici, en
vers, les mœurs de cet animal intéressant.
LAFONTAINE a mieux dit que personne; mais il
n'a pas tout dit. L'histoire naturelle des animaux offre un champ vaste, dans lequel peuvent
encore moissonner les fabulistes. Quiconque s'y
livrerait pourrait espérer de plaire : je crois au
surplus qu'il y a peu d'adresse ou beaucoup
d'amour - propre à faire parler les *mêmes* animaux que lui. Je m'en suis avisé, comme
d'autres : c'est tant pis pour moi. Ici le *Formica-
Leo* me met à l'abri de la comparaison.

Point. Quoi ! pendant un mois ne vivre que d'espoir !
C'est un pauvre moyen de se faire un bon chyle !
D'accord. Il est certain qu'après telle vigile
L'animal avait faim : aussi vous l'allez voir.

    Au fond de son entonnoir
    Le tranquille anachorette
    Tenait sa tenaille ouverte,
    Sans souffler, sans se mouvoir,
    Malheur au premier insecte
    Qui, vers l'antre du chasseur,
    Dirigera sans frayeur,
    Sa marche peu circonspecte !
    Il faut que son sang humecte
    Le gosier de Monseigneur.

Comment se défier d'un pareil artifice ?
Jadis le roi d'Itaque au moins put dire : holà !
Quand, par ses hurlemens, l'effrayante Scylla
    Se fit entendre au sage Ulisse.
Mais tout est calme ici, rien n'inspire l'effroi.
Nulle croix, nul gibet, en un mot nul indice
N'y dit au voyageur : ami, prends garde à toi ;
    Double le pas ; mal va dans cet hospice.
    Au bord du glissant précipice
Arrive une Fourmi : l'imprudente avarice
    Au même instant la stimula.
Elle penche la tête, avance un peu, s'engage.
    Oh ! oh ! dit-elle, on trouverait, je gage,
    Un gros trésor au fond de ce trou-là !...

Hé! que dis-je? Il s'offre à ma vue!
O fortune! ma foi, si je n'ai la berlue,
 De mes deux yeux je vois, là-bas,
 Un ami qui me tend les bras :
 Le planter-là serait dommage !...

 Comme elle eut tenu ce langage,
 Sous ses pieds la terre trembla.
Du fond de l'antre une grêle de pierre
 Au même instant partit, vola
 Au-dessus de l'aventurière,
 Tomba sur elle et l'accabla.
 L'insecte roule; le voilà,
 Au centre du piège de guerre,
 Nez à nez avec l'ennemi!
Nul espoir de trouver son salut dans la fuite.
 On tient Madame la Fourmi;
On l'aveugle, on l'entraîne. « Oh! eh! Seigneur
         hermite,
 « Dit-elle; un moment, restez coi.
» J'arrive, tout exprès, pour vous faire visite :
» Si c'est vous offenser, je pars, excusez-moi.
» Avec vos ennemis n'allez pas me confondre ;
 » Je n'en suis point, je vous jure ma foi ».
 Fourmi-Lion, sans lui répondre,
 Des deux parts lui perce les flancs,
Se gorge en la suçant, puis lance le squélette

A plus d'un pied de sa retraite,
De peur d'effrayer les passans.

DÉFIONS-NOUS, lecteur, de tant d'habiles gens
Chevaliers toujours prêts à vivre à nos dépens.
Tel, en ami fidèle, entre ses bras vous presse,
Qui bientôt se trahit; il vous suce et vous laisse.

~~~~~~

LE COCHON DE LAIT.

(IM.)

Eu hic declarat quales sitis judices.

(PHÈD.)

L'HOMME est dupe de l'apparence,
Il voit louche et prononce : errer est notre lot.
Le pis est qu'on s'obstine, et puis l'on est tout sot
Quand on en vient à l'évidence.
Phèdre en donne un exemple, il est bon à citer ;
Puisque j'en ai le tems, je vais vous le conter.

Un quidam mariait sa fille,
C'était un homme riche et de grande famille ;
Il voulut qu'à la noce on vînt de tous côtés.
Des bals, des concerts, des spectacles,
Tout fut promis, surtout des nouveautés !
Les jongleurs, les bouffons, à prix d'or invités,
Arrivent à la file, annonçant des miracles.
L'un d'eux se distingua : cet homme était connu
Par sa gaîté piquante et singulière.
« Les gens verront, dit-il, ce qu'ils n'ont jamais vu ;
» Je jure d'attirer chez vous... la ville entière ! »

Ce bruit de bouche en bouche est partout répandu,

Au spectacle on se rend en si grande affluence,
Que la salle, où la veille on se fut promené,
Annonçait à chacun qu'il y serait gêné. (*)
Ce qu'il y put entrer se serre et prend séance.
L'homme arrive, on se tait. Le public en silence
Le corps froissé, l'œil fixe, et partout se haussant,
    Ne fait qu'un vœu, c'est qu'il commence.
Celui-ci, grimaçant, à pas comptés s'avance :
De la gauche on le voit soulever son manteau,
Qu'il gonfle, offrant à l'œil du public qu'il abuse,
    La forme d'un petit pourceau.
De la droite il le flatte et, par surcroît de ruse,
L'arrête brusquement. — Hé! dit-il, hola! hé!
    De façon qu'on croit qu'il accuse
    Son animal d'avoir bronché.
Puis, fourant dans son sein la moitié de sa tête,
Deux fois il imita de son aigre fausset
    La voix perçante d'un goret.
    Ce fut là le beau de la fête;
Car il le fit si bien, qu'il trompa dans l'instant
    L'amphithéâtre et le parterre.
On veut qu'il se secoue et prouve évidemment
Qu'il ne recelle rien, et que ce cri plaisant
    C'est bien lui qui vient de le faire.
    L'ordre est pressant, il obéit :
    Rien. Vous jugez de la surprise !

_____

(*) *Turbam deficiunt loca.*

Elle est extrême ; on l'applaudit ,
On l'acclame à triple reprise.
Un paysan seul s'en abstint :
Beau prodige, dit-il, pour que l'on s'extasie !
Si j'en avais la fantaisie,
je ferais mieux... et, dès demain.
On accepte ; la foule est plus nombreuse encore :
Les paris sont ouverts. Comme chacun pérore
Tous deux entrent en lice. Honneur à l'histrion !
La faveur est pour lui ; du manant l'on se moque,
Le grand nombre du moins ; il a l'air gauche, il
                                        choque :
Enfin son ennemi, c'est... la prévention.
Le mime glorieux débute et, cette fois,
Tête haute, du porc imite encor la voix.
C'était à s'y tromper, et l'on crie : à merveille !
A moi, dit son rival ; et puis gesticulant
Comme l'autre avait fait la veille,
Le voilà qui se penche, et feint adroitement,
(Ce qui paraît un jeu, car c'est chose pareille,)
Que sous sa draperie, est un cochon de lait.
Mais c'était tout de bon ; il le cache en effet.
De l'index et du pouce il lui tire une oreille,
Et la lui pince fortement.
L'animal jette un cri, le cri de la nature !
Le peuple néanmoins contre le paysan
S'élève, s'indigne et murmure.
Lui de rire aux éclats, il se pâme, il fait tant

Qu'à la fin le public s'emporte
Et conclut unanimement
Qu'il le faut jeter à la porte.

De dessous son manteau, lors tirant l'animal,
Pour faire le procès à ces mauvaises têtes ;
Tenez, voilà, dit-il, qui ne prouve pas mal
Quel délire est le vôtre, et quels juges vous êtes.

Nota. J'ai cru pouvoir m'occuper de cet Apologue de *Phèdre*, pour deux raisons 1°. parce qu'il offrait de grandes difficultés à vaincre pour le transmettre en entier avec une fidélité qui rapprochât l'imitation de l'original ; 2°. parce que *Lafontaine* ayant laissé derrière lui cet épi, j'ai cru pouvoir le ramasser, d'après sa permission.

~~~~~~

LE BISON ET LE CABRI.

De la folie à la prudence
Et de l'esprit au jugement
Quel intervalle ! .. Il est immense.
Pour en bien prouver la distance
Essayons un rapprochement.

Un Bœuf, non de ceux-là qu'on met à la charrue,
Mais de ces songe-creux à la tête crépue,
Au mufle respirant l'air de la liberté,
Un Bison, dans les bois, fit sa société
D'un descendant de la chèvre Amalthée,
D'un Cabri, toujours en gaîté,
Etourdi, vagabond, grimpant de tout côté
Au gré de sa tête éventée.
Prends garde, disait le Bison, (*)
Petite tête sans cervelle !
Si le pied te manquait, tu pourrais, mon mignon,

————————————————————

(*) Bison. Bœuf bossu, portant crinière,
chef de la race secondaire du taureau sauvage
nommé Aurochs. Celui que l'on a vu à Paris,
avait neuf pieds de long, et de hauteur, cinq
pieds quatre pouces.

Rouler du haut en bas d'une roche ou d'un mont,
Périr, et me causer une douleur mortelle.

Fais comme moi ; marche plus posément....
— Bah ! tu trembles toujours ! cela te rend tout
                                        sombre ,
Répondait l'étourdi ; tu vas partout flairant,
        De tous objets te défiant ;
        Tu redoutes .... jusqu'à ton ombre !
    — Et j'ai raison. — J'en doute. — C'est à tort ;
Je devrais me montrer plus défiant encor.
— Le poltron ! — Mon ami, ma corne ménaçante
        Jette encor trop peu d'épouvante :
Je crains l'homme ; je crains la domesticité.
Ma bosse, ce fardeau qu'en forme de valise
Je porte sur mon dos, il a la cruauté
De me la retrancher : c'est un morceau vanté,
        Que recherche sa gourmandise.

        COMME ils jasaient ainsi tous deux ;
        Il advient que, sur leur passage ,
        Se trouve un piège dangereux ,
        Que masquait un léger branchage.
Le Bison, resté là, semble si paresseux,
        Et tellement stationnaire ,
Que le Cabri le prend pour un visionnaire,
Et le traite, en riant, d'animal soporeux.
        Lui, tranquille à son ordinaire,
        Retirant son corps en arrière,

Avance un pied sans plus, et sonde le terrain...
Il sonne creux ! dit-il : l'homme ici joue au fin :.
   Sois sûr qu'il nous tend quelque piège ,
Et que nous ferons bien de rebrousser chemin.
-- Reculer ! ah bien oui , dit l'animal badin,
Dont l'esprit et le corps pesent moins que le liége ;.
   Camarade , ton gros bon sens
Me paraît en défaut : vois donc cette prairie ,,
Et ces branchages verds semés en divers sens !
-- Amorce, appât trompeur, perfides ornemens :
   Garre , garre à l'étourderie !
   Crois-moi , tandis qu'il en est tems.
Ces rameaux, ces gazons et tout ce pâturage
   Placés sous les yeux des passans
   Ne sont là que pour leur dommage : . .
Enfin , si tu m'en crois... -- Bon ! attends, reste là ;
Je reviens à l'instant : il dit et le voilà
Qui s'élance d'un saut dans ce beau pré factice,
Qui croule sous ses pieds : hola, dit-il, hola !
Cri tardif ! c'en est fait ! ô douleur ! ô supplice !
   L'esclavage l'attendait là ,
Ou peut-être la mort , triste *nec plus ultrà.*
Le Bison s'en doutait ; loin de ce précipice
Il s'en fut triste et morne , et , toujours défiant
   Vécut libre et sans accident.

PUISSE-T-IL , cher lecteur ! t'en arriver autant !

LE MILAN.

(1 M.)

BLAMER la gourmandise est le but de ma fable.
De trop d'avidité, le honteux résultat,
Est qu'aux yeux du public on salit son rabat.
Mais chacun a frondé les excès de la table ;
Laissons des Franciscains le peuple misérable,
Assuré qu'au Moutier Lucullus doit un plat,
Tancer, en nasillant, l'appétit du coupable.
Mon sermon va plus loin : j'en veux au péculat ;
J'attaque tous fripons avides de finance,
Poliphèmes nouveaux, ogres, funeste engeance
Qui dévore le peuple et consume l'Etat :
Ceux-là méritent bien quelque bout de sentence.
Mes vers ne m'ont valu que des chagrins encor :
C'est-là de mes pareils l'ordinaire chevance.
Lecteur, puissent ceux-ci te valoir des monts d'or!..
    J'aurai trouvé ma récompense.

    Un Milan s'ennuyait au nid ;
Un Milan! vous jugez si captif il murmure !
Ses ailes l'ont porté ! Sur son corps est l'habit
Jeaune, brun, noir et blanc, toute la bigarure,
Qui succède au duvet dont jadis la nature

L'enveloppa quand il naquit.
Il peut compter sur son armure.
Sa serre a le taillant, et son bec la courbure;
La longueur qui convient, le tranchant qui suffit.
Il n'était pas, disait-il, si petit
Qu'il ne pût bien aller chercher pâture !
Comme il avait bon appétit,
Il se pouvait que d'aventure,
Faute de vivres il périt,
Ou que l'excès ne lui nuisit,
S'il en prenait outre mesure.
L'instinct même a besoin d'être un peu contredit.
Suis-moi, mon fils, lui dit sa mère;
Je vais te mener dans un lieu
Où, de tems en tems, grace à Dieu,
Tu pourras faire bonne chère.
Ils partent : les voilà chez un riche fermier.
Du glouglou des dindons l'agréable harmonie
Fit abattre nos gens sur le toit d'un grenier,
D'où la mère, à son fils montrant la colonie,
Lui dit : regarde bien ce peuple casanier :
Vois cette basse-cour, et vois ce colombier;
C'est pour toi cette chanoinie :
Tu peux vivre aisément ici.
D'un poulet gras pour ta pitance,
Il te faudra contenter aujourd'hui :
Quand on vit sur le bien d'autrui,
Il le faut faire avec prudence.

'Demain, tu peux profiter de l'absence
Des argus que tu vois, et plumer un dindon.
    Contente-toi d'un canneton.
Le jour d'après; fais un peu d'abstinence :
    Milan dispos dans l'opulence,
    Tu deviendras l'exemple du canton.
Outre que l'excès nuit, et qu'un oiseau glouton
    Atteint rarement un grand âge ;
    Si tu faisais ici trop de ravage,
Le fermier aux aguêts, avec flèche ou bâton,
    Un beau matin t'atteindrait au corsage,
Et t'enverrait flairer les poulets que Pluton
    Fait engraisser pour son potage :
Tu les verrais, sans plus, et n'y tâterais brin :
    Si mon conseil te paraît sage,
    Mon cher enfant, penses-y bien.
    Là-dessus nos gens s'embrassèrent,
    Et puis après se séparèrent.
Le Milan, ce jour-là, vous croque son poulet.
Il lui vint à l'esprit qu'il faisait maigre chère.
    Ce n'est pas trop, dit-il, de ce maguet.
Eh ! le bon tems viendra... Cependant il digère :
    Le lendemain il grugea le dindon,
Et se trouva très-bien du conseil de sa mère.
    Mais quand ce vint au canneton
L'appétit fit passer pardessus la leçon.
Notre bénéficier fondit sur les volailles
Et se gorgea, Dieu sait ! ce fut un tel gala

Que lui-même crut, ce jour-là
Qu'à leur t..r les corbeaux feraient ses funérailles.
Le cœur lui bondissait ; sa mère arrive : eh bien !
Vous en avez trop pris ! je l'imaginais bien.

CICERON nous a dit (grace à sa rhétorique)
Ce qu'Antoine repu, lit en place publique
    Au milieu du peuple romain :
Par un même accident, notre oiseau famélique
Se trouva rétabli du soir au lendemain.

LES Milans sont communs, plus communs
                    qu'on ne pense :
    Parmi ces oiseaux carnassiers,
Il en est dont le cœur n'a point de répugnance.
Vous n'imaginez pas que je les place en France !
C'est au Caire qu'ils sont : témoins, juifs, maltôtiers,
Capons, agioteurs, traitans et trésoriers.
    On sait que les gens de finance
    Ne dégorgent pas volontiers.

LE NENUFAR ET LA CANTHARIDE.

Sur le modeste Nénufar
Borée, en balayant, fit voler par hasard
Le brillant Scarabée, appelé Cantharide, (*)
Dont la mauvaise odeur ne plait guère au passant.
   Voilà que, sur la fleur candide
De la plante aquatique au feuillage ondoyant,
L'insecte, glorieux de son beau vêtement,
  De l'air d'un fat en tous sens se promène,
    Et va disant insolemment :
    Eole a-t-il la tête saine
    De déchaîner les aquilons
    Pour me jeter dans ces bas fonds,
    Quand ma place est au haut d'un frêne!

(*) La *Cantharide* que quelques-uns appelent mouche n'en est pas une, puisque les mouches n'ont que deux ailes simples, tandis que la Cantharide les a cachées sous deux étuis. Cet insecte est de la beauté de l'émeraude; mais son corps exhale une odeur désagréable.

Le *Nénufar* a une grande fleur d'une blancheur si pure, qu'il a mérité le surnom de Lis des Étangs.

4

Me voilà bien placé, sur un froid végétal
Contraire à ma santé ! le beau mets ! quel régal !
J'y suis réduit pourtant !.. Qu'il est donc insipide !
Ah ! c'est pour en mourir ! voyez l'appât perfide !
Car sa fleur en est un. Ah ! que mon fourreau vert
Et cet or émaillé dont on me voit couvert
      Acquittent bien mieux leur promesse !
Mon corps pulvérisé rend à l'humaine espèce
      Des services dont la plupart
      Sauvent les gens, par ma prestesse
      A seconder l'effort de l'art.
Aussi comme on m'achète ; et comme tout vieillard
S'il a recours à moi ; saute et devient gaillard !
Mais cette plante-ci, que le bon homme y goûte,
Je le tiens plus défait que s'il avait la goutte.

Ainsi s'émancipait l'insecte babillard :
Il veut parler encor ; mais du séjour humide
Le modeste habitant lui dit : être orgueilleux !
Être infect, destructeur de la tendre verdure,
      Qui fait aimer et bénir en tous lieux
      L'auteur de la nature ;
Tu n'es pas bien ici ! ton orgueil en murmure !
C'est moi qui dois souffrir : vante moins ton habit.
Tu penses m'honorer ! ta beauté me salit.
   Je crains l'effet des flammes infernales
      Que ton fétide corps produit.
Je te laisse porter jusqu'au sein des Vestales

Un feu, par la pudeur vainement combattu :
    Moi j'en fais de chastes personnes ;
    Ne m'ôte pas cette vertu ;
    Retire-toi, tu m'empoisonnes.

    D e s deux objets que réfléchit
    Le miroir que je vous présente,
L'un est ce freluquet qui s'estime et se vante,
Être, au cœur gangrené, dont le dehors séduit :
    Malheur à ceux qu'il éblouit !
    Il corrompt tout ce qu'il fréquente.
    L'autre, que trop souvent l'on fuit,
Le froid modérateur de la fougue de l'âge,
    Chacun le nomme, c'est un SAGE.

LE TALC ET LE GRAIN DE SABLE. (*)

Au grain de Sable, un jour, le Talc se comparant,
Retire-toi, dit-il ; sur mon corps transparent
Tu viendras te rouler, petite boule obscure !
    Chacun s'arrête en me voyant :
    Je me montre si rayonnant
Que, sans trop me vanter, j'honore la nature...
Mon petit pélerin l'arrêtant brusquement,
    Lui répond ironiquement :
Je le vois : quel éclat ! il craint peu la censure :
    De l'agathe et du diamant
    La robe est moins nette et moins pure !..
L'autre repart ; j'entends : tu crois me faire injure
En bornant mon mérite à mon seul vêtement :
Parlons de mon pouvoir, et laissons ma parure.
Corps chétif ! plaignons-le : sans doute il ne sait pas
Que je résiste au feu,.. qu'il ne peut me dissoudre,
    Et que, si je me laisse moudre,
    C'est pour ajouter aux appas
   De la beauté, pour donner au visage
Un éclat attrayant qui fait doubler le pas

(*) Il est question , ici , du sable de gravier
qui se vitrifie à l'aide des alkalis.

Au jeune homme, au barbon, aux galáns de tout âge.
Aussi tous mes feuillets dans la mine épiés
Sont-ils, sur du coton au chimiste envoyés
    Et bien reçus et bien payés ;
Tandis que, sans respect, sans nulle retenue,
    Tout le monde te foule aux pieds.

PARMI nous, pour bien moins, tous les jours on
                            se pique.
Mon grain de Sable aussi, tout petit qu'il était
Joignant à son grand cœur un peu de rhétorique,
Rabat ainsi l'orgueil du Talc qui l'insultait :
Tu finiras peut-être, impertinent critique,
Dont l'éclat mensonger n'a rien de séduisant.
    Que pour un sauvage ignorant ! (*)
L'homme instruit sait juger et te met à ta place.
« Tu résistes au feu.. » qui ne fait rien de toi ;
Moi je lui cède ; alors on voit si je t'efface !
Minéral indocile ! (A) il te sied bien, ma foi !
D'oublier que les arts me transforment en glace,
En rubis, en cristaux, en coupes, en flacons,
Où flotte, souriant dans un étroit espace,
Bacchus au front pourpré, dont la présence agace
    Les gourmets et les biberons !
En jactance, vraiment, Monsieur du Talc excelle !

_____

(*) Voyez la note A.

A l'entendre Vénus lui devrait son beau teint ?
Prestiges ! tu salis, tu rides toute belle
     Avant le tems : l'hiver qui les atteint,
Ne leur en donne pas de preuve plus cruelle.
J'en pourrais dire plus ; finissons la querelle.
Vers le pôle, en décembre, où le Scythe a des jours
     Si courts,
A la corne amollie on a, dit-on, recours,
Ainsi qu'à tes feuillets jaunes, neigeux et ternes ;
Avec elle aux Lapons porte donc tes secours :
     Vas servir de vitre aux lanternes.

    VOLTAIRE avec raison disait
Qu'en cherchant bien, peut-être on trouverait
    Quelque Homère dans un village.

Que de bons écrivains, mal couverts, inconnus,
De mon petit caillou sont la fidèle image !
Que d'orgueilleux auteurs, qui ne sont rien de plus
Que du Gypse, du Talc ou la pierre à Jésus !

———————————————————

(A) Le Talc est traité ici d'*indocile* parce que
mis au feu, il n'entre pas en fusion comme le
gravier et autres matières vitrifiables.

   La *Médecine* n'en obtient rien : employé comme
absorbant, il se précipite, et ne produit aucun
effet,

Au surplus, friable et divisible à l'infini, il donne une poussière assez tenue et assez douce pour servir de base aux cosmétiques.

Le *Talcum commune*, dont il est ici question, est d'une transparence de cire opaque, blanchâtre, semblable à de l'huile congélée, comme la CORNE *fondue*.

Réduit en p[...]tre, on le colore avec du carmin; on l'empâte avec du beurre de cacao; il devient le rouge de toilette.

Il brille dans son premier état : c'est une pierre réfractaire dont l'éclat suffit pour lui supposer de la vanité en poésie.

La pierre brillante, spéculaire, ou *Mica* de Moscovie se trouve à Archangel en assez grandes lames, pour qu'on l'ait employée, *en place de verre*, avant que le Czar PIERRE PREMIER eût voyagé en France.

Est-ce de cette même pierre que se faisaient, loin de là, les fenêtres des litières des dames Romaines ? On peut en douter. Ce qu'il y a de plus probable, c'est que les Romains, maîtres de l'Europe entière, employaient, à cet usage, le *Gypsum lamellosum* que l'on trouve par blocs dans les Pyrénées et sur le flanc des Alpes ; pierre *sans couleur* et *rarement* opaque.

Il ne doit y avoir maintenant, que des peuples, tels que les Lapons et les Samoyedes qui employent, en guise de vitres, la *Corne* ou le *Mica*.

Le *verre* était en usage chez les anciens : on
l'employait pour faire des vases et des coupes :
on dit même qu'ils eurent des *glaces* et des *miroirs*. « Pour des vitres, (dit M. Rollin) quoi
» de plus facile à faire ? et cependant ils n'en
« eurent point ». Quant aux *miroirs*, ce ne
fut jamais autre chose que de l'acier ou de l'argent poli. Ils étaient si petits, (même du tems
de Tibère) qu'ils trouvaient place partout, sur
un lit, sur une chaise, n'importe. *His speculum,*
IN CATHEDRA *matris suppositum fuit* dit Phèdre,
dans la fable *du Frère et de la Sœur*. Ce n'est
pas là nos étonnans volumes de glaces, dans lesquels un patagon, s'ils en est, se verrait de toute
sa hauteur. Il faut pourtant avouer que du tems
de Henri IV elles étaient fort petites encore.
On peut s'en assurer en allant voir, à l'arsenal
de Paris, le cabinet de *Sully*, si curieux à tous
égards, puisque l'on y voit encore tous les
meubles et la table sur laquelle le bon Roi alla
souvent travailler avec son ministre.

{wavy line}

LE CHAT ET LE RAT. (*)

(IM.)

DANS certaine pagode un Rat fut se nicher :
L'asyle était sacré ; cet animal immonde,
De-là faisait la figue à tous les chats du monde :
Par respect pour l'idole ils n'osaient lui toucher.
Ils grondaient, mais tout bas, et soufflaient
      mainte offense :
Chacun d'eux, en passant, recevait son lardon,
  Baissait l'oreille, et prenait patience.
Le Béat qui voyait que, pleins de révérence,
Aucun de ces Messieurs n'osait montrer les dents,
Trottait sous son abri, dormait, faisait bombance,
  Ne pensant pas qu'aucuns événemens
   Pussent faire tourner la chance.
Il se trompait le sot ! tout change avec le tems.
Un Matou, près de là, se disait en pensée :
Mes ongles sont pointus ; gare à toi, maître fou,
Si la pagode un jour peut être renversée.

(*) On trouve cet Apologue *en prose*, dans
les œuvres de M. de Sauvigny : 1771, traduit
de l'Arabe. *Redde Cæsari*

Gorge-toi cependant, mange et bois tout ton saoul.
(L'or fut de tous les tems en proie à l'avarice.)
Des Tartares, un jour, abattent l'edifice,
   L'idole aussi ; le Rat sort de son trou,
Veut fuir, est attrapé, sent les doigts du Matou,
Devient humble ;.... eh ! dit-il, souffrez que je
                        m'explique.
T'expliquer ! à quoi bon ? reprit d'abord le Chat.
Quand tu vivais heureux sous ce sacré portique,
Tu te crus quelque chose, et tu n'étais qu'un Rat,
Un impur animal échappé de la fange.
    L'idole n'est plus, ton sort change ;
Meurs, et subis celui de ton premier état.

Par sa tragique fin ce Rat nous montre à vivre.
Malheur à l'homme obscur qu'un fol orgueil enivre,
  Quand Plutus, par hasard, le place en un haut
                    rang !
L'or dont il est couvert n'épure point son sang.
Contraint à s'abaisser, le peuple qui l'invoque,
Le caresse en public, en secret il s'en moque :
Il attend le moment de laver son affront,
Et se venge du fat qui fit courber son front.

LE BOITEUX ET UN MÉCHANT.

(IM.)

Est homini turpe quod meruit pati.

(PHÈD.)

Un railleur, homme sot, et de plus malfaisant,
Querellait un boiteux, sans garder de mesure.
  L'histoire dit que ce mauvais plaisant,
Entassant, à plaisir, injure sur injure,
Offensa l'invalide en l'appelant Vulcain.
Lors celui-ci lui dit : un malheur en est cause,
Je n'y puis rien ; mais vous, vous êtes coquin ;
  Et vous y pouviez quelque chose.

LE VIEUX SINGE.

« Devine si tu peux, et choisis si tu l'oses ».

Assieds-toi, vieux lutteur, et garde le fauteuil :
 Tu n'as ni bon pied ni bon œil,
On le sait : à quoi bon faire le matamore ?
 Tel qui brillait à son aurore
 A son couchant paraît en deuil !
Je connais un auteur, enflé d'un fol orgueil,
Qui (pouvant s'en tenir au passé qui l'honore)
En petits vers croisés rime aux bords du cercueil !
Et vite mes amis, vite de l'ellébore ;
Apportez-en pour deux ; car si je tarde encore
 Il pourrait fort bien m'arriver
   D'éprouver
Le sort de Dom Bertrand, imprudente pécore
Qui, naguère, éteignit (passager météore)
La gloire et le renom qu'il pouvait conserver.

 Dom Bertrand, de triste mémoire,
Amusa, dans son tems, les sages et les fous :
Suivi de tout un monde, à la ville, à la foire,
Il y faisait doubler le nombre des filoux.
 Je puis vous conter son histoire ;
Je l'ai, pendant dix ans, vu cent fois pour deux sous.
Il promettait beaucoup et tenait sa promesse.

Bertrand savait la politesse :
De la tête et du pied, assez élégamment,
    Il faisait, d'un air d'alégresse,
Maint beau salut aux gens qui vantaient son talent :
Mais, comme on est par fois civil en pure perte,
Il l'était beaucoup plus, et surtout plus alerte,
Lorsque, faisant sa ronde, il courait à l'argent !
Car il tendait sa toque et, véritablement
    Il méritait qu'on la remplit sans cesse.
Copiste merveilleux, singe unique, étonnant !
    On le voyait, avec adresse,
    Faire la barbe à tout venant.
— A des hommes ? — Non pas ; mais à des bestioles,
Petits chats ou barbets ; très bien les savonnant
    Et des deux côtés les rasant,
    Tout en faisant des cabrioles ;
    Et, par-ci par-là réprimant
Les grimaces, les cris, les dolentes paroles
    Et la frayeur du patient.
    Sire Bertrand à cette singerie
    Ne bornait pas la comédie.
Tantôt portant l'épée, et tantôt le rabat,
Comme maître en fait d'armes on le voyait
                              se battre,
Poussant à sa guenon ; ou fendre l'air en quatre
    Aussi gravement qu'un prélat.
    Plus promptement que femme ou fille,
Petit-maître badin, imitateur subtil,

                                    5

Le drôle enfilait une aiguille,
Et puis montrait le bout du fil.
Sur la corde tendue et sur la corde lâche
Il dansait d'ailleurs joliment,
Même sans balancier ; gambadant, sautillant :
Enfin il donnait, sans relâche,
Maint et maint divertissement.
Aussi des louangeurs et des prôneurs à gage
S'il en eut et beaucoup, je le laisse à penser !
Les journaux en parlaient, et le commun langage
Etait que Dom Bertrand, loin, bien loin de baisser,
Ne faisait que se surpasser.
Mais le corps et l'esprit tout décline avec l'âge.
Bertrand perdit la vue et son corps s'affaissa.
Glorieux toutefois, comme dans sa jeunesse
Il crut pouvoir encor mériter les ha, ha,
Dus jadis à sa gentillesse.
Il oublia qu'il était vieux...
Manquant de force et de souplesse
Il tenta le saut périlleux !
Pauvre Bertrand ! sa majesté foraine
Lourdement tomba dans l'arène,
Et termina ses jours aux pieds des curieux.

— Eh bien ! de tout ceci, me dit dame Censure,
Voyons, voyons ; que voulez-vous conclure ?
— Comment, ce que je veux ! je l'ai dit au début :
Ma fiction d'ailleurs indique assez mon but.

LE RAT ET L'HIRONDELLE.

(1 m.)

PASSANT par la Colchide, une Hirondelle un jour
Rencontra certain temple en l'honneur de Médée.
 A l'instant il lui vint l'idée
De commettre à ses soins le fruit de son amour.
Elle entre dans le temple : ô puissante Déesse !
Dit-elle au buste d'or dont l'éclat l'éblouit ;
Souffrez qu'en votre sein je construise mon nid !
Là seront mes petits ; vous les verrez sans cesse ;
J'irai, pour les nourrir, en tous lieux jour et nuit,
Sans que nul accident alarme ma tendresse.
Un philosophe Rat, par hasard l'entendit :
 Ce Rat, ma foi, dans son espèce,
 N'avait ni plus ni moins d'esprit
 Que les sept sages de la Grèce.
Tête folle, dit-il, porte ailleurs tes présens ;
Fuis des murs consacrés au meurtre, à l'homicide ;
Sinon de tes petits tu les verrais sanglans.
 Celle qui dans ces lieux réside,
 A tué ses propres enfans.

N ó t e s.

Archyas a donné *en grec* le type de cet apologue. Il paraît par ce qui a été dit de Médée par *Marullus*, *Politianus*, *Borbonius* et d'autres, qu'on avait érigé des statues à ce monstre, non pas sans doute sous ce rapport, mais parce que c'était la fille d'un souverain de la Colchide.

Ces auteurs ont fait parler l'imprudente Hirondelle chacun à sa manière.

I M I T A T I O N S   L A T I N E S.

Medeæ statua est , natos cui credis Hirundo.
    Fer aliò : viden hæc mactet ut ipsa suos.
                        (Borbonius.)

Medeæ statua est , misellâ Hirundo ,
Sub quâ nidificas ; tuos ne credas
Huic natos , rogo , quæ suos necavit.
                        (Politianus.)

Colchidos in gremio nidum quid congeris ? eheu !
    Nescia cur pullos tam malè credis avis ?
Dira parens Medea suos sævissima natos
    Perdidit, et speras parcat ut illa tuis !
                        (Alciat.)

Cur vaga tot terras urbesque emensa volucris
  Colchidos in sævo nidificas gremio ,
Pignoribusque tuis credis malesana fidelem
  Ipsa suos partus quæ laniavit atrox ?
Ni fœtus exosa tuos Pandione nata
  Phasiacâ quærit perdere sævitiâ.

(Marullus.)

Et en français ; ce qui n'est pas le moins curieux :
  « O fol oyseau ! pourquoi ton nid bastis
  » Au seing Médée , et commets tes petits ?
  » Mere cruelle occit les enfans siens :
  » Esperes-tu qu'elle pardonne aulx tiens » ?

Cette imitation parut en 1547, deux ans après
la mort de François Ier. On voit que, *dans tous
ces vers*, c'est le poète qui apostrophe l'Hirondelle. J'ai pensé qu'il serait mieux de faire
parler un animal, et j'ai choisi un Rat , parce
qu'il s'en trouve qui ont de la finesse et du bon
sens. Témoin celui qui criait à *Rodillard* :

  « Rien ne te sert d'être farine ,
  » Car quand tu serais sac, je n'approcherais pas ».
  Sic valeas ut farina es quæ jaces.

  « Gouvernement ou public ou privé ne doit
  » *estre* comis à celluy qui *ha* mal administré
  » sa propre chose. Et est cecy *prins* sur une

» *aróndelle*, *nidifiant* au giron d'une statue de
» Médée, qui tua ses enfans ».

Je transcris avec une sorte de plaisir ce vieux
français, dont l'orthographe nous prouve que,
de jour en jour, nous perdons de vue les mots
latins dont la plupart des nôtres sont dérivés.
On voit que le verbe *avoir*, écrit ici par une
h à la troisième personne de l'indicatif, dérivé
de *habere*; *prins*, de *prensus*; arondelle de *arundo*;
nidifiant, de *nidificare*; c'est ce qui faisait aimer
à *Jean-Jacques* les *vieux* auteurs français; et
lui fit emprunter plus d'un heureux mot de
Montaigne, etc., etc.

L'ABRICOT-PÊCHE,

LA TOMATE ET LE VIÉDASE. (*)

OU

LES SYMBOLES DE LA RIVALITÉ.

DANS trois petits paniers, disposés par étage,
L'Abricot, le Viédase et la Pomme-d'amour,
Au marché, côte à côte, étaient à l'étalage.
   Les saluts et le caquetage,
   Et le bon soir et le bon jour,
   Font les charmes du voisinage.
Parler est un besoin, un plaisir qui soulage,
   Et qui n'est jamais mieux goûté
   Que dans les tems d'adversité.

(*) VIÉDASE, (aubergine ou mélongène)
solanum fructu oblongo, mala insana, penis; en
quoi il diffère du solanum *oviferum.* C'est la
forme de celui que nous mettons en scène, qui
lui a fait donner le nom de Viédase dans le Midi.

Du panier d'Abricots formant la pyramide,
Le plus beau, le premier, mis à la sommité,
Sachant que de sa pulpe on est assez avide,
S'étonnait qu'un gourmand ne l'eût pas acheté,
Surtout devers Cancale, où le goût est porté
Au suprême dégré de sensualité.
Comme cesser de vivre est chose inévitable,
    Un honneur par lui souhaité,
        Ç'eût été
De mourir à si bonne table.

POMME-D'AMOUR, brillante de santé,
    Mais devenue un peu commune,
    Se désolait de son côté,
    Ne faisant pas même fortune
    Qu'au moment de sa nouveauté.

    RESTE le scandaleux Viédase,
Dont la forme équivoque attirait les regards,
Attroupait les passans, les tenait en extase,
Et faisait rire encor quelques vieux égrillards.
Aux deux fruits mécontens parlant avec emphase :
Si quelqu'un, leur dit-il, a lieu de s'étonner
    De voir les gens l'abandonner,
Ce n'est pas vous, c'est moi dont la forme bisarre
Fait que l'on veut m'avoir, comme chose assez rare
    Pour faire honneur dans un dîner.

LA TOMATE.

On pourrait mettre un frein à l'orgueil qui te guide,
Champignon déguisé! végétal insipide!
Cesse de te van'er : voyez donc ses mépris!
  Monsieur peut-être s'imagine
  Avec son manteau verd-de-gris
Effacer en beauté ma robe purpurine!

L'ABRICOT.

  LA, la! reprenez vos esprits :
  Prenez-donc garde, ma voisine :
Les dehors sont trompeurs; on peut s'y trouver pris,
  Ce n'est pas la robe des fruits,
  C'est le dedans qu'on examine :
  Le dedans seul en fait le prix.

LA TOMATE.

Oui-da! Monsieur Doucet! mes sucs à votre avis
Ne vont peut-être pas réjouir les esprits,
Quand une habile main les fait à la cuisine
  Entrer dans différens coulis,
  Qui sans moi..? Car enfin, là c'est moi qui domine!

L'ABRICOT.

Tu vaux mieux, j'en conviens, que la fade aubergine;
  Mais soyez un moment tous deux

Sans orgueil et sans jalousie :
Vous conviendrez, ma belle amie,
Que les sucs exprimés de mon corps savoureux
Vont de pair avec l'ambroisie...
Si vous en doutez par envie,
Allez le demander aux Dieux.

L E Viédase, entrant en colère ;
Sont-ils assez impertinens,
Dit-il ; ô vanité ! je doute si j'entends
Ce que leur audace profère,
Et si c'est bien à moi qu'ici l'on se préfère !
Dieu des jardins ! je crois qu'ils ont perdu le sens...
Qu'à gens d'un goût blâsé, la Tomate convienne,
Passe ; mais que sa chair vaille mieux que la mienne,
Certes je n'en conviendrai pas.
Sûre comme verjus, elle est là qui jargonne,
Elle croit convenir à tous les estomacs!
Vous vous trompez fort, ma mignonne :
Faites la sauce au bœuf; mais il est d'autres plats
Où vous ne plaisez à personne.
Quant à l'Abricot si vanté,
Qui se dit présentable à la divinité,
Eh ! qui donc à présent peut en être tenté?
Des Abricots!.. il en foisonne.
Couple de fous! comme cela raisonne!
Vous oubliez tous deux la singularité
Qui parle en ma faveur. La curiosité

Tourmente l'homme, l'aiguillonne;
Et c'est tout cela qui me donne
Une juste célébrité.

LA TOMATE.

Dans Paris?

LE VIÉDASE.

Tant soit peu; mais beaucoup à Bayonne.

L'ABRICOT.

Il faut, là comme ici, qu'on te serve apprêté!

LE VIÉDASE.

Soit : mais de me goûter on n'est pas moins tenté.
De maint Crésus un peu malade
Que faut-il, après tout, pour gratter le palais?
Un peu de poivre et de muscade,
C'est tout.

LA TOMATE.

Ah! tu conviens que ta chair un peu fade
Veut être relevée! enfin tu te connais!

LE VIÉDASE.

A tout il faut la sauce; elle fait les bons mets.

L'ABRICOT.

Je m'en passe.

LA TOMATE.

Et moi je la fais.

COMME chacun ainsi, prétendant à la vente
S'estimait sur le ton d'un auteur qui se vante ;
Vient un maître d'hôtel qui, sans tant tournoyer,
 De l'Abricot, de la Tomate
 Achète le double panier.
Le Viédase impudent, dont la pulpe trop mate
Pour être digérée a besoin d'aromate,
Dédaigné, laissé là, fut pourrir au fumier.

DE mon marchand fruitier si l'on fait un libraire,
De mes fruits trois auteurs, et qu'un homme d'esprit
Remplace l'acheteur qui vient, juge et choisit ;
 Plus de mystère, tout est dit ;
 J'ai réussi sans commentaire.

~~~~~~

LE POËTE ET LE DEVIN.

EPILOGUE.

DANS l'antre de Trophonius
Un jour certain poëte, à l'aide d'un cordage,
Descendit : sous son bras il portait son bagage
Pas trop gros, tout en vers qui n'étaient pas courus;
  Car il leur manquait le suffrage
  Des membres de l'aréopage,
Où siége au premier rang le grand Folliculus!
 Notre rimeur, s'approchant du grand prêtre
  Lui marque son étonnement
De voir que de ses vers, dès qu'ils viennent de naître,
Un Critique en rabat, faux dévot suppléant,
  Parle mal,.. charitablement.
Excellence, dit-il, voyez, voyez mon livre;
Lisez et jugez-moi : je cherche le moyen
  D'empêcher un mauvais chrétien
  De s'égayer à me poursuivre.
-- Es-tu riche? dis-moi; tiens-tu table? Ton bien
A quoi se monte-t-il? -- Je n'ai que de quoi vivre.
-- Pauvre diable! tes vers ne vaudront jamais rien.

Fin du premier livre.

6

APOLOGUES.

LIVRE DEUXIÈME.

PROLOGUE.

Non in solo pane vivit homo.

Tout le monde a retenu ces vers de
Voltaire à Horace ;

« Je lirai tes écrits pleins de force et de sens,
» Comme on boit un bon vin qui rajeunit les sens ».

L'esprit a besoin de nourriture. On ne
sait rien si l'on n'a pas lu ou voyagé. On
ne produit rien, si l'on n'a pas étudié,
médité, digéré ses lectures. Reste le *choix*
des alimens.

On a tant fait de systêmes que je puis
bien en faire un à mon tour. Je ne suis pas

éloigné de croire que les *fibres* du cerveau de ceux d'entre les hommes dont l'esprit a besoin de nourriture, ont quelque chose d'analogue avec les *racines* des plantes, dont les pores, variés dans leur configuration, n'admettent que les sucs et les sels façonnés de manière à y pénétrer. Cela me semble prouvé sans réplique, par la différence des matières que choisissent les hommes qui ont la démangeaison d'écrire, et par la variété de goût des lecteurs.

Lafontaine, avant d'avoir lu *Baruch*, ne s'était nourri que des Fables d'Esope, de Phèdre, de Pilpay, etc., des contes de Bocace, de l'Ariosto et des anciens fabliaux; et (quoiqu'il eût vu, avec un plaisir mêlé d'étonnement, les œuvres du prophète;) on ne voit pas dans ses écrits postérieurs, qu'il ait donné d'autres fruits que ceux résultans de la lecture

des fabulistes et des conteurs que la nature le portait à s'approprier.

Un auteur mordant ne se nourrit que
du fiel de la satyre et du sel de l'épigramme. Il ne fallait à Despréaux que
les satyres de Perse, d'Horace et de
Juvénal; tandis que Quinault ne se nour-
rissait peut être que d'Anacréon, de
Sapho, de Catulle, de Properce, de
Tibulle et des amours d'Ovide.

Doué d'une bonté naturelle, d'une
candeur ingénue, toujours naïf, avide
d'aventures galantes, et né pour les embellir, Lafontaine ne pouvait pas même
avoir l'idée de recourir à d'autres sources
que celles qui lui étaient indiquées par
son caractère. Aussi a-t-il pris et conservé
le goût du terroir où l'avait planté la
nature. Nul ne lui ressemblera, s'il n'est
organisé comme lui. Cela peut arriver,
puisque Phèdre a paru après Ésope; mais

la nature ne prodigue pas le génie, et Lafontaine est un de ses phénomènes.

Si l'on pouvait comparer les grâces de l'esprit à celles du corps, je dirais du bonhomme qu'il eut sa *ceinture* comme Vénus avait la sienne. Ce qui compose ce talisman du poète n'est ignoré que des aveugles qui, par la raison même qu'ils n'y voyent goutte, ont l'orgueilleux espoir de l'égaler, ou de pouvoir en approcher. S'ils y voyaient clair, le charme séduisant dont ce poète est entouré, ferait leur désespoir. Ils ne s'*essayeraient* dans son genre, qu'avec la résignation et le respect qui font tomber l'écolier aux pieds du maître.

Observateur septuagénaire, j'ai vu bien des fabulistes : je les ai vus, (je ne dis pas tous) mais presque tous espérant un nom après Lafontaine, et presque tous mécontens de ce que le public ;

(d'accord avec les bons critiques) re-
fusait de trouver dans leur recueil plus
d'une ou deux bonnes Fables. L'arrêt n'en
est pas moins prononcé : une ou deux
les distinguent ! Et combien y en a t-il
dans *Lafontaine* qui le mettent au-dessus
de nous? *Toutes* : celles mêmes où l'on
remarque des négligences et de l'incor-
rection; et cela, parce qu'il est toujours
avec la nature.

Continuóns de nous traîner derrière
lui en glanant, sans nous flatter d'amasser
de quoi alimenter autrui.

~~~~~~

LE SCYTHE ANACHARSIS,

ET LE MAUVAIS PLAISANT.

(I M.)

Dès peuples appelés sauvages
Et de nos fous de tous les âges
Parlons un peu dans ce moment.

Du côté de l'entendement
Les habitans du Nord ont-ils nos avantages?
C'est une question. J'entends dire à Paris
Qu'ils ont l'esprit moins vif; j'en conviens, mais
                                            je dis
Que ce sont gens plus réfléchis,
Peu curieux de verbiages,
Et se moquant des étourdis,
Maintenant comme au tems jadis.
Là dessus, de nos vieux écrits
J'emprunte un fait, un seul : il ne faut pas cent pages
Pour amener chacun à mon avis.

Un jour au Scythe Anacharsis,
Que plus d'un auteur met au nombre des sept sages,
Un Athénien mal appris,
La perle des légers esprits,

Disait : « ce grand savoir dont les gens sont sur-
                                             pris,
    » Il ne vient pas de vos parages,
» N'est-il pas vrai ? Ce sont des biens acquis
    » Que vous devez à vos voyages ? »
Tout Scythe , alors , passait pour un esprit
                                   bouché,
Et notre Athénien n'en faisait pas grand compte.
    D'Anacharsis, un peu fâché,
    La réponse fut nette et prompte.
La NATURE, dit-il, m'a fait ce que je suis ,
    L'honneur de mon pays,
    Et du tien t'a créé la honte.

    Ici je pourrais m'arrêter ;
Mais un fait assez neuf me revient en mémoire ;
    Il est nôtre, et bon à citer,
En ce que, dans un sens, il cadre avec l'histoire
    Que je viens de vous raconter.

    DEVANT une muse *Bretonne*
    On vantait un prédicateur.
    Elle de s'écrier : Monsieur,
Ah ! ne nous parlez pas d'un homme qui sermonne !
— Madame, pourquoi donc ? ce n'est pas un bigot ;
    Il a l'esprit philosophique ,
Des talens et du goût ; il ne dit pas un mot
Qui , sous tous les rapports, ne braye la critique.

La Dame alors, changeant de ton ;.
Esprit sage ! bon goût ! éloquence magique !
 A coup sûr cet homme est *Breton.*

PAR tous pays, bon dieu ! combien de têtes vaines !
 Ces deux anecdotes font foi
 Qu'à Paris comme dans Athènes
On ne voit rien de beau que son pays... et soi.

NOTES.

SCYTHIE, nation primitive correspondante à la Tartarie : ses conquêtes sont connues; elle a peuplé l'Europe et l'Asie.

Comme je parle avantageusement de ces peuples, et que de bons auteurs se sont contredits à leur sujet ; quelques réflexions à la suite de ce conte ne seront peut-être pas déplacées. Je sais qu'elles ne sont pas de nature à occuper les savans ; mais puisqu'il y a si peu de profit à tirer de mes légères narrations , pourquoi ne dirais-je pas, après coup, quelque chose d'utile au lecteur moins instruit, dans les mains de qui pourront se trouver ces bagatelles ?

Les Scythes du tems de Cyrus, *sont encore à juger,* tant on en a parlé diversement.

Si je viens de dire du bien de ces peuples, c'est que j'avais pour moi plus d'une autorité.

'Quelle nation trouvera-t-on jamais plus sage que celle qui reprochait aux Grecs, leurs BACCHANALES, qui riait de Bacchus, et disait : *qu'à moins d'être fou, on ne pouvait faire un* DIEU *d'un être qui ôtait la raison aux hommes et les rendait stupides.*

Lafontaine a pu n'être pas d'accord avec lui-même dans sa manière de s'expliquer sur les SCYTHES : il avait sûrement lu tout ce qui a été écrit pour et contre ; il pouvait, en se contredisant, se trouver de l'avis des auteurs qui en parlent diversement ; et comme la façon de penser d'un fabuliste peut varier selon le parti qu'il se propose de tirer d'un sujet, au profit de l'instruction ; on n'a point de reproche à lui faire.

Il a parlé deux fois de ces peuples. Dans l'une de ses Fables, le PHILOSOPHE SCYTHE ET L'AMATEUR DES JARDINS ; il est de l'avis de notre Athénien, sur le peu de lumières des habitans de ces contrées : le *philosophe* (N. B.) le philosophe Scythe, qui a vu un Grec tailler ses arbres pour en tirer un meilleur parti, n'est pas plutôt dans son pays,

« Qu'il tronque son verger contre toute raison,
 » Sans observer tems ni saison ».

et fait tout mourir dans son jardin! voilà certes
un stupide, s'il en fut jamais : il est clair que
Lafontaine ne le traite de philosophe que pour
tourner les Scythes en dérision.

Dans son autre Fable il les peint bien diffé-
remment ! c'est un de leurs Rois, SILURUS
qui, par la profondeur de sa pensée, ne diffère
guère d'Esope ou de Socrate. Quoi de plus
admirable en effet que la leçon de ce souverain
à ses fils, dont il désire l'union après sa mort!
On voit que je parle du faisceau de dards qu'il
leur donne à briser, et qui ne peut l'être, tant
que le lien qui les resserre n'est pas rompu.
Ici *Lafontaine* parle d'après *Plutarque*.

Il serait peut-être difficile de dire quelque
chose de bien positif, sur la dose d'intelligence
de ces peuples en-deçà et au-delà de l'Immaüs.

En tems de paix, leur confiance dans les
devins et leur superstition annonçait des esprits
bornés. La simplicité du Roi, quand il était
malade, allait jusqu'à croire qu'un sujet qui
s'était parjuré, était la cause de sa maladie.

En tems de guerre, ils étaient d'une cruauté
qui fait frémir. Voilà ce que dit *Hérodote*.
Justin, au contraire, en fait des sages d'une
grande pénétration. Ce sont des hommes guidés
par des principes d'équité naturelle, et qui ont
trouvé le moyen le plus propre à se procurer

le bonheur. Il ajoute que « tous les arts leur
» étaient connus, et qu'ils n'ignoraient que nos
» vices ».

Horace, dans l'une de ses belles Odes, dit
la même chose : il préfère de beaucoup leur
manière d'exister à celle des hommes passion-
nés pour les richesses. Alors sans doute le luxe
des Romains qui s'introduisit partout et cor-
rompit tous les peuples, n'avait pas pénétré
encore chez ces hommes belliqueux qui préfé-
raient le fer à l'or.

~~~~~~

LA GIRAFFE ET LE DROMADAIRE.

CHACUN aime à courir le monde.
La Giraffe au long col, rapide et vagabonde,
Sur les confins de son pays natal
Fit rencontre d'un animal
Que nous appelons Dromadaire :
Comme il est policé, d'un air honnête et doux
Il fait sa révérence à la Giraffe altière,
Qui va le front levé, ne s'embarrassant guère
Ni du salut qu'on vient lui faire,
Ni du comment vous portez vous ?
De la bosse de son confrère
Le dôme flasque et monstrueux (*)
Augmente son air dédaigneux.
Le Dromadaire s'en offense.
Il te sied bien, dit-il, ridicule géant,
D'avoir cet air d'impertinence,
Quand on voit tes pieds de devant

───────────────────────────────

(*) Le Dromadaire n'a qu'une bosse, le
Chameau en a deux ; on voit le contraire dans
le *theatrum animalium* de Henri Ruysch, mais
c'est à tort. On voit aussi le contraire dans LE
Bossu de M. le Bailly.

D'un tiers plus haut que tes pieds de derrière,
Et que tu vas toujours boitant !..
Pense donc que ton caractère
On peut être ta robe et tes deux yeux ardens,
T'ont fait confondre assez long-tems..
Avec la féroce Panthère,
Le Camé-léopard et les monstres errans,
Qui dans les bois ont leur repaire.
Je ne suis pas injuste, et je vois à tes dents
Que d'herbes, comme moi, tu fais ton ordinaire : (*)
Pourquoi donc mépriser tes frères ruminans ?
— Que dans les forêts ils reviennent,
Qu'ils se montrent indépendans,
Et je les aimerai : tu le sais s'ils s'abstiennent
De paille, d'herbe sèche et de brins de sarmens
Qu'il leur faut acheter, en servant des tyrans !
C'est aux bois, dans les prés que sont les alimens
Qu'il nous faut, et qui te conviennent.
Va ployer les genoux ; va périr sous le faix
Des fardeaux qu'en chantant te font porter des
                                    maîtres,
Tranquilles assassins des hôtes des forêts,
De leurs semblables même, enfin de tous les êtres.

(*) Ses dents, et sa langue, de deux pieds
de long, lui assignent sa place parmi les quadru-
pèdes *ruminans.*

,Va, dis-je. -- Doucement, ô Giraffe ma mie !
On peut réveiller ici
Votre mémoire endormie.
Nous servons l'homme ! vous aussi
Autrefois vous l'avez servi.
Ne vous souvient-il plus que, loin de leur patrie,
Vos aïeux ont suivi Lions et Léopards ;
Que Rome les a vus attelés à ses chars ?
On peut douter qu'alors il leur eût pris l'envie
De repousser par des brocards
Le pourvoyeur soigneux qui leur donnait la vie.
-- Si nos pères ont vu le sol de l'Italie
C'est qu'ils sont tombés dans les rets :
Ils ont été soumis, mais domptés ! non , jamais,
Tu le vois ; leurs enfans savent jouir des charmes
Que la liberté donne ; ils bondissent, contens ,
Satisfaits de braver les hommes et leurs armes ,
Au milieu des sables brûlans.
-- Vous voilà bien repus ! n'importe, j'y consens ,
J'en conviens, votre espèce est exempte d'alarmes ;
Mais se donner un rang parmi les fainéans ,
Refuser d'être utile, haïr les habitans
De ce globe, où l'on doit s'entr'aider en tout tems,
Est-ce donc un exemple à suivre ?
« *Qui ne vit que pour soi, n'est pas digne de vivre* ».
-- O la bonne conclusion !
Tu peins l'homme :.. ton flanc m'offre la cicatrice
De la cruelle incision

Qu'il t'a faite aux déserts que franchit l'avarice.
　　L'eau dont tu fais provision
Pour te désaltérer, est-ce toi qui l'as bue ?
　　．Non ; malgré toi tu l'as rendue.
Jusqu'à ton estomac enfonçant le couteau, (*)
Pour étancher sa soif, ton insigne bourreau,
　　L'homme a su se faire une issue :
　　Tu te laisses, comme un mouton,
Enlever ton habit; il en fait sa parure :
Ton lait il te ravit ; on a vu le glouton
De ta chair, au besoin, faire encor sa pâture.

ELLE en eût dit plus long; mais voici des chasseurs
　　Détachés d'une caravane.

(*) Les Chameaux ont un estomac particulier
qui leur sert de réservoir. Cette poche est assez
vaste pour contenir une grande quantité d'eau
qui y séjourne sans se corrompre, et sans que
d'autres alimens puissent s'y mêler. Lorsque cet
animal est pressé par la soif, il fait remonter
dans sa pause et jusqu'à l'œsophage une partie
de cette eau, par la simple contraction des
muscles; et c'est une grande ressource pour les
conducteurs, qui se la procurent à l'aide d'un
fer tranchant qui atteint le réservoir.

Qui coupent court à la chicane,
En fondant sur nos deux acteurs.
Le Dromadaire est pris; la Giraffe rebelle,
Trop faible contre tous, et voulant s'échapper,
    S'étonne du sang qui ruisselle
Sous le fer et le plomb qui la viennent frapper.
    Son œil se ferme, elle chancelle,
    Tombe, et sent l'Homme son bourreau
    L'écorcher pour avoir sa peau.
Le Dromadaire, alors s'approche d'elle,
    Et lui dit, déplorant sa fin;
    Tout obéit dans la nature.
Ce vainqueur qui t'abat, esclave souverain,
L'homme est soumis aux Dieux, et les Dieux au
                        destin.
Le feu, les vents, la mer, toute chose a son frein;
    Le SAGE est celui qui l'endure.

~~~~~~

LA TOUPIE D'ALLEMAGNE.

Monté sur un long pied, le corps fait en ballon,
Un morceau de bois creux tournait dans un salon.
    « Messieurs, admirez la merveille,
(Semblait dire à chacun le sabot en rouflant)
    » Rangez-vous et prêtez l'oreille.
    » Des célestes corps en tournant
» J'imite les doux sons ; c'est musique pareille !...»
Oh! ho! dit un minet; tantôt cet instrument,
    Sans parole et sans mouvement,
    Etait là dans une corbeille :
    Comme il se démène à présent!
Qu'est-ce? voyons un peu... D'une patte légère
Il le fait, en jouant, broncher sur le parquet,
    Et puis lui donne un bon soufflet
    Qui le renverse et le fait taire.

J'entends sur les tréteaux Harpula résonner :
Il croit venir d'en haut; il pense m'étonner !
    Harpula n'est point le Messie.
    -- Qu'est-ce donc? -- C'est une Toupie
    Que la démence fait tourner.

~~~~~~

LA TRUFFE ET LA GEODE.

On sait ce qui fait la richesse
Des secrétaires d'intendans,
Rapporteurs, premiers présidens,
Et cætera : c'est l'or, ou ses équivalens.
Ce sont des dons de toute espèce :
Ce sont des fleuves de présens,
Qui, dans ces divers Océans,
Vont se précipiter sans cesse.
Hé! je vous oubliais, mes amis des bureaux !
C'est chez vous, dieux merci, que tout cela foisonne !
On y voit pleuvoir les cadeaux
Plus drus que la feuille en automne.
Vous me direz que ce début
N'apprend rien de neuf à personne.
Je le sais, mais il m'aide à venir à mon but :
Nécessité veut qu'on pardonne.

Or donc, j'étais chez certain Plumitif,
Grand amateur d'histoire naturelle,
Homme en crédit, obligeant, mais lascif,
Tourmentant *Sainte-Yves* nouvelle,
Qui ne pouvait le rendre expéditif.

Si qu'attendant que sortit cette belle,
Dans le salon je marchais tout pensif.
Là, du matin, sur le parquet, en vue
Sont deux paniers fraîchement éventrés.
Truffes ici, là *cailloux* déterrés; (*)
Double tableaux dont l'aspect m'évertue.
Deux de ces corps par leur poids détachés,
Sur le parquet se trouvent rapprochés.
Voilà-t'il pas que, d'après ma méthode,
Donnant une ame à ce qui n'en a brin,
Je crois ouïr ce couple féminin!
      Il ne faut pas qu'on me demande
Si l'on se disputait : la querelle était grande.
Retire-toi, disait la Géode en courroux.
Une Truffe osera se rapprocher de nous!
      Est-elle assez audacieuse?
      Va, masse informe et ténébreuse,
    Va réveiller l'appétit des pourceaux,
    Tandis que moi, brillante, radieuse,
Je vais, mise en honneur sous de légers cristaux,
    Charmer Julienne et Viltaneuse. (**)

(*) Il est question, ici, de l'Agate - Géode,
pierre sphérique intérieurement caverneuse,
dont les parois sont tapissées d'une cristalisation
qui jette les couleurs prismatiques.

(**) Amateurs.

Tu peux flatter le goût ; mais qu'offres-tu de beau ?
  C'est pour te manger que l'on t'aime.
Mon sort, je te l'ai dit, c'est celui d'un joyau,
  Qu'on garde avec un soin extrême.
Je n'ai pas moi, le cœur aussi noir que la peau :
  Qu'on me donne un coup de marteau,
De mon sein va jaillir l'éclat du diadème !
J'efface Iris, et Flore, et celle dont les pleurs
De liquides rubis embellissent les fleurs.
Le feu de mes rayons m'égale à Phébus même !
Va, champignon hideux, va voisiner ailleurs.
    Sotte ! répond la moricaude,
Sans Phébus où serait l'éclat de tes couleurs ?
Serviteur aux rubis, bon soir à l'émeraude.
Ma chère, on nous prendrait la nuit pour les
                    deux sœurs....
Mais non ! car moi, de mon centre moins vide,
J'exhale, nuit et jour, de suaves odeurs.
Le brillant ! c'est bien là vraiment ce qui décide !
Aimez donc une pierre, inodore, insipide,
Qu'un fou prise et fait voir à de fous connaisseurs !
Eh ! ne dirait-on pas, à cet air d'importance,
Que Madame à Paris enrichit vingt traiteurs !
La belle, sachez donc le prix de ma substance :
En Hercules je change un peuple d'étourneaux :
    Des soldats et des matelots
Le nombre, chaque jour, par moi se multiplie.
    Mais ce qui fait, surtout, ma mie,

Que nous sommes ici dans des rangs inégaux ;
C'est que je sers le peuple. --- Et comment, je
vous prie ?
— J'étouffe, tous les ans dix fermiers généraux.

~~~~~~

LES DEUX VOYAGEURS ET UN VOLEUR.

Viam expediti. (PHÈD.)

DEUX quidams faisaient un voyage;
L'un d'eux était poltron, l'autre avait du courage.
Un voleur les attaque ; il tenait un poignard.
Arrêtez, leur dit-il ; ou la bourse ou la vie.
   Voilà d'abord le poltron à l'écart :
Mais mon brave, à l'instant, s'élance avec furie,
   Le fer en main sur l'avide agresseur,
   Et, d'un seul coup, lui fait perdre l'envie
   D'envoyer coucher nud le pauvre voyageur.
Le lâche compagnon qui.... de loin, sur l'arène,
Voit l'ennemi tomber aux genoux du vengeur,
Part comme un trait, accourt, tout suant, hors
                d'haleine;
Et, tirant son épée ; — ah! dit-il, scélérat !
Meurs, tombe sous mes coups ; je t'apprendrai
                sans peine
A quels hommes...! Alors le héros du combat
L'arrête et dit : au moins, par de telles paroles,
   Vous auriez dû seconder mes efforts.
Maintenant à quoi bon ces menaces frivoles?
Vous prétendez sans doute épouvanter les morts ?

CE récit montre assez qui l'on a voulu peindre.

'C'est pour vous qu'il est fait, Messieurs les fanfarons,
Vaillans, lorsqu'à vos yeux nul danger n'est à
craindre
Et qu'au moindre péril on reconnaît poltrons.

REMARQUES.

Élien raconte une histoire qui, au premier coup-d'œil, a du rapport avec celle-ci.

« Trois jeunes gens s'en vont à Delphes con-
» sulter la Pythie : ils rencontrent des voleurs.
» Un des voyageurs s'enfuit. Des deux qui
» restent, l'un se défend, l'autre est spectateur.
» Le voyageur combattant tue les brigands et
» le spectateur son camarade. Le poltron re-
» joint le brave : ils continuent leur route :
» la Pythie accueille le malheureux vainqueur,
» et chasse le lâche qui avait fui».

Il ne paraît pas qu'*Élien* ait copié *Phèdre*. La fable de ce dernier n'est point entière ; chacun y a suppléé à sa fantaisie. Dans la plupart des éditions elle commence par ces vers.

Viam expediti pariter carpebant duo;
Imbellis alter, alter at promptus, manu.
Occurrit illis latro, et intentans necem,
Aurum poposcit. Audax confestim irruens,
Vim vi repellit, ac ferro incautum occupat,
Et vindicavit, etc.

8

Elle a été traduite par M. *Denise* : la voici.

D e u x voyageurs allaient de compagnie,
Et l'un et l'autre était de différent génie ;
    L'un d'eux était brave en effet,
    L'autre n'avait que du caquet :
    Au coin d'un bois, un voleur les arrête :
    Le poltron s'enfuit aussitôt ;
    L'homme de cœur à résister s'apprête,
    Il prend le voleur en défaut,
Il lui porte une botte, et le jette par terre,
    L'autre ayant vu finir la guerre,
    Et le voleur couché dans le chemin,
Jeta bas le manteau, mit l'épée à la main,
    Et s'escrimait à toute outrance :
» Cadédis, je t'attends, bien donc, vélistre abance;
« Je té réduis en poudre : à qui t'adresses-tu ? »
Le brave compagnon, qui s'était défendu,
Lui dit : va, mon ami, rengaîne ton *épée*,
    Et ta langue tant *affilée* ;
Je sais ce que tu vaux, surtout dans les combats ;
    Faute de cœur, tes pieds ne manquent pas.
    Quand tu t'enfuis, tu n'as pas ton semblable :
C'est-là, contre les coups, un secret immanquable.
    Pour ne choquer aucune nation.

        I c i je termine ma fable,
        Sans faire d'application.

    Cette fable a aussi été traduite aussi plate.

ment par M. de *Rivery*. Ni l'un ni l'autre ne
va assez vîte au fait. L'exposition est prompte
dans le latin.

> *Imbellis alter, alter at promptus manu.*

M. de Rivery a fait *douze vers* pour rendre
celui-ci.

Ce bavardage ne serait pas pardonnable,
même quand il aurait pris pour modèle cet autre
début proposé dans Burmane.

Iter per sylvas fortè facerent cùm duo,
Quid? si latrones, inquit unus, advolent;
Et nos infesto imbelles invaderent?
Ne timeas, inquit alter; hâc ego manu
Latrones toties quâ feroces perdidi,
Iter securum solus præstarem tibi;
Et tu virtutis stares spectator meæ.
Dum pergunt, subitus ex insidiis exilit,
Stricto mucrone latro. Qui jactaverat
Verbis virtutem, socium deserens, fugit,
Et pugnæ eventum spectans, restitit procul,
Alter ruentis in se sustinet impetum,
Et vindicavit, etc.

Fable de M. de Rifery.

DEUX voyageurs allaient de compagnie :
L'un prônait ses exploits, et nouvel Attila,
Il avait terrassé celui-ci, celui-là.
C'était un jeu pour lui que d'exposer sa vie.

Corbleu! s'écriait-il, vive le point d'honneur !
Le duel est charmant, et j'en suis idolâtre ;
    Au pistolet, c'est ma fureur !
Que n'ai-je à cet instant, pour comble de bonheur!
Un monde d'ennemis! vous me verriez combattre!
Comme il disait ces mots, fond sur eux un voleur.
    Aussitôt fuit le beau parleur.
    L'autre, plus simple en son langage,
    N'avait rien dit de son courage,
    Et sut le montrer au besoin.
    Le fuyard, regardant de loin,
Apperçoit le larron étendu sur la place ;
    Cet aspect lui rend son audace,
Et, d'un air triomphant, il revient sur ces pas,
    Il tire son coutelas ;
        Fait fracas :
Où sont-ils? me voici! laissez, laissez-moi faire !
    Nous attaquer! le téméraire !
Je lui ferai sentir ce que pèse mon bras.
    Eh! mon ami! reprit le camarade,
    Epargnez-vous cette vaine bravade ;
    Il n'est plus tems, Monsieur le fanfaron ;
    Le danger démasque un poltron.
        Tel dit avoir le cœur d'Achille,
        Qui n'en a que les pieds *agiles*.

Il était impossible de rendre noblement
Nunc conde gladium, et linguam pariter futilem.

On a vu comme M. *Den* *a* s'en est mal tiré.
Notre langue ne nous offre que des expressions
triviales pour équivalent. « *Rengaîrez vous*
» *langue et votre épée* ».

M. de *Rivery* a sacrifié ce passage. Il était
impossible qu'il ne le fit pas. Les maîtres de
l'art veulent cependant qu'on supplée par des
beautés nouvelles à des beautés retranchées :
c'est ce que nous avons *essayé* de faire à l'aide
d'une réticence, et du vers qui termine le récit.

www

L'AIGLE ET LE HIBOU. (IM.)

Nulli nocendum.

DANS les bois sacrés de Neméo
Régnait un Aigle, au tems jadis,
Qui d'un bon souverain acquit la renommée.
Satisfait du tribut par les oiseaux promis,
    Jamais sa serre envenimée,
Ne se teignit du sang des grands ni des petits,
    Et sa Majesté fut aimée.
    Le bon monarque, à ses sujets,
    Donnait à toute heure audience ;
    Il accommodait les procès
    Qui se plaidaient en sa présence.
    On sacrifiait, chaque jour,
A Lachésis, à Pluton, à Cerbère,
Pour préserver du ténébreux séjour,
    Un souverain si débonnaire.

L'AIGLE Nestor atteignit deux cents ans ;
Il faut mourir : il mourut sans enfans.
Au même instant un Hibou prit sa place :
    Un Hibou ! quel excès d'audace !
La gent, qui porte plume, eut beau se récrier,
    Se dépiter et larmoyer,
    Ce fut en vain : le terrible monarque,

Que dis-je ? le tyran, du feu de ses regards,
 Jeta l'effroi de toutes parts.
Son bec tranchant semblait le ciseau de la
       Parque !
Le peuple se tint coi, n'osant en approcher :
 Mais le sultan ne put effaroucher
Les mignons du défunt : c'étaient des gens de
       marque ;
 Forts Emouchets, Eperviers et Faucons.

(De Mentor, autrefois, admirant le langage,
Le bon Roi de Salente écouta les leçons).
 Le Hibou ne fut pas si sage.
Comme un sot il brusqua maint grave personnage ;
Traita maints bons avis de fables, de chansons :
Même il ferma sa porte à gens de haut parage.
 Il n'en fallut pas davantage.
 Une nuit que, de son charnier,
 Il sortit pour se mettre en quête,
 Il sentit fondre sur sa tête
Mylord Faucon, surnommé l'Epervier , (*)
Qui lui fit, de sa serre, un fort vilain collier :
 Le pauvre diable eut beau se plaindre,
 Se débattre, pleurer, crier,
 Il ne vint pas un estaffier.
 Les oppresseurs ont tout à craindre.

(*) Les Faucons se divisent en huit espèces.
L'*Epervier* en est une.

LE CYGNE ET LA PIE.

MARGOT la Pie, un jour, jasant, sautant,
                            trottant,
    Tournant la tête à gauche, à droite,
    Et de gros mots apostrophant
    Des deux parts le premier passant ;
Après maints quolibets et mainte pirouette,
Arriva d'aventure au bord d'un long canal,
Dont l'amant de Léda, grave et beau personnage,
Sillonnait lentement le limpide cristal.
L'art divin des Linus était son doux partage :
Il chantait le bonheur d'enflammer la beauté; (*)
Et, par cent auditeurs ravis de son langage,
    Il était alors écouté.
Caquet-Bon-Bec s'avance, ivre de vanité.
Du Cygne, à son avis, le chant n'est pas superbe;
Et son très-vilain cri serait bien mieux goûté !
Mais l'intérêt la guide : elle tient au proverbe
Qu'un petit compliment n'a jamais rien gâté.

(*) Le chant du Cygne est attribué à la métamorphose de Jupiter en Cygne. *Cygne* et *bon
Poëte*, ces mots sont synonimes ; c'est la plus
belle épithète qu'on ait donnée à *Virgile* ; le
Cygne de Mantoue.

« Salut, dit-elle, à Monsieur du Méandre.
» Les immortels vraiment vous ont rendu la voix ;
   » C'est un charme de vous entendre !
   » Vos aïeux du tems d'Alexandre
» Ont été bien vantés; mais vous passez, je crois,
   » Tous ces beaux chanteurs d'autrefois ».
Le Cygne à ces grands mots, dont la fadeur le
                    glace,
   Répond de l'air d'un grand seigneur
   Que vient flatter un sot rimeur
   Pour qu'il agrée une préface.
Il prise la commère à sa juste valeur.
C'est toi Margot ! bon jour : eh bien, quelle
                  nouvelle ?
-- Comment ! vous l'ignorez ! contre le Roi des
                  airs (*)
J'ai fait un pot-pourri sur les plus malins airs.
L'apostrophe est mon fort ; c'est un genre ou
                 j'excelle !
   Je l'ai prouvé dans vingt couplets.
   L'Aigle est vain, personne n'en doute ;
Il nous méprise : il vole à la céleste voûte ;
La cour de Jupiter est, dit-il, son palais !
J'ai drapé sa fierté. Le Cygne lui dit ; paix,
   Et vainement s'éloigne d'elle :
Sur son dos elle grimpe, et jase, et l'assourdit.

(*) L'*Aigle* emblème du génie.

Mais le Cygne ennuyé, la frappant d'un coup
d'aile,
Lui fait passer le styx et chacun applaudit.

CHEZ nous le MÉTROMANE eut l'orgueil en
partage ; (*)
Il nous plut... La fierté sied bien au vrai talent.
On ne l'obscurcit point : c'est un Soleil ardent,
    Devant lequel passe un nuage ;
    Il n'en paraît que plus brillant.

———————

(*) Méttez à la place de Piron un danseur
se disant l'un des grands hommes de son siècle,
vous ne lui trouverez, comme on l'a dit, du
mérite que dans les jambes ; sa vanité caractérise un fou.

Piron se mettait à sa hauteur : sa Métro-
manie et ses contes suffiraient à sa réputation.
CAQUET-BON-BEC ne peut rien contre des
auteurs de cette trempe.

∿∿∿∿∿∿∿∿∿∿∿∿∿∿∿∿∿∿∿∿∿∿∿∿∿∿

LE RÊVE DE CRÉSUS,

o u

LA MORT D'ÉSOPE.

Miser formâ, miser vitâ, miser morte.

CLYTUS victime d'Alexandre,
Et les carrières de Denis
Depuis long-tems nous ont appris
Que tout homme doit se défendre
De dire aux grands la vérité,
Sans fard, sans apprêt, sans parure :
Nue, elle excite le murmure ;
L'amour propre en est révolté.
Vénus, seule dans la nature,
Plaît en état de nudité ;
Encor lui faut-il sa ceinture !

UNE assez fâcheuse aventure
Sert à prouver ce que je dis.
Crésus aimait les beaux esprits :
Il en avait besoin ; sa tête était malade,
Fatiguée, en proie aux ennuis,
Au point que, sans dormir, il passait bien des
nuits ;

Car le dais n'y fait rien , et le lit de parade
    Est le dernier de tous les lits.

    Ce Roi, non sans regrets, d'après certains avis,
        A Delphes envoya jadis
        Son cher Esope en ambassade.
Privé du phrygien , dont l'esprit le charmait,
        Il l'attendait , il l'attendait ,
        Sans en recevoir de nouvelle ,
        Et moins qu'auparavant dormait.
        La raison en est naturelle :
        Il ne lui restait que Solon ,
Ce sage que Jean-Jacques est venu reproduire;
Dédaigneux , refusant toute espèce de don ;
Glorieux à l'excès , assuré de bien dire
En faisant parler net et crûment la Raison ,
Qui , plus douce et moins brusque , a sur nous
                        tant d'empire !

    Ne flattons pas les Souverains :
Parlons vrai , mais parlons avec grace et finesse
        Comme Esope le fit en Grèce.
        N'imitons pas ces Africains
Qui , sous les yeux du Roi, quand il était à table,
        De la charpente des humains
        Mettaient le squelette effroyable.
        O la repoussante leçon !
        S'il en faut, pour devenir bon ,
Adressons-nous au cœur ; que rien ne l'effarouche,

Français ! peuple poli ! ce qui plaît, ce qui touche,
Ce qui peut corriger sans humeur, sans sermon,
Vous l'avez : vous trouvez cet art sage et profond
　　　Dans les écrits et dans la bouche
　　　De Racine et de Fénélon :
　　　Suivez leur méthode immortelle.
　　　L'adroit écrivain qui nous plaît,
　　　Qui nous instruit, qui nous distrait,
D'un Grand peut quelquefois rajuster la cervelle ;
Et c'est ce qu'à la cour notre Ésope faisait,
Jasant avec Crésus, charmé de sa parole
Plus que du sable d'or que roulait son Pactole.

Or un jour que ce Roi, sous ses rideaux tapi,
　　　S'était, par hasard, assoupi,
　　　Rêvassant à son ordinaire ;
Celui qu'il désirait, son auteur dromadaire
　　　En songe s'offre devant lui,
Mais comment ? mouillé comme un fleuve !
N'ayant rien, sur son corps, qui ne donnât la
　　　　　　　　　　　　preuve
　　　Qu'il sortait du milieu des eaux !..
Bon ! me dira quelqu'un, ce Songe est une
　　　　　　　　　　fable !.. (A)
Eh ! Messieurs, si je mens, croyez que les
　　　　　　　　　　journaux
Vous en avertiront. Mais le fait est croyable :
L'expérience est là, qui le prouve en deux mots ;

　　　　　　　　　　　9

Puisqu'à n'en pas douter, de tous les animaux
     La cervelle est un peu sorcière.

LE divin endormeur qui, sur notre paupière
Vient, au déclin du jour secouer ses pavots,
Nous fait rêver par fois si juste, que des songes
Ne devraient pas toujours passer pour des
                                        mensonges.
     Reportez-vous donc avec moi,
     Mon cher lecteur, auprès du lit du Roi.
Il s'étonne, à l'aspect de son cher fabuliste ;
     Tant il lui trouve un piteux air !
Il l'interroge ; il veut savoir ce qui l'attriste,
Et pourquoi cet habit d'algue et d'eau tout couvert ?
— Vos Delphiens, dit-il m'ont jeté dans la mer,
     En me traitant de libelliste.
— Les cruels! se peut-il? guerre, guerre aux méchants,
Je veux pourtant savoir.... Dis-moi, mon cher
                                        Esope...
— Sire, voyant de près ces orgueilleuses gens
Qui, de loin, vous semblaient des êtres importans ;
     Sans trop soigner mon enveloppe,
     J'en ai fait : LES BATONS FLOTTANS.
— Ah malheureux ! je devine le sens
     De ton véridique Apologue. (B)
     Ils ont craint qu'il n'eût de la vogue ;
Il est trop cru : il dit trop et trop bien :
« De loin c'est quelque chose, et de près ce n'est rien ».

Mais enfin ce qui me console,
C'est que, par ordre d'Apollon,
D'Athènes quelque jour tu deviendras l'idole;
Et qu'à jamais vivra ton nom.

Voulez-vous vivre, amis ? — oui. — Gardez le
silence.
La mort d'Esope dit assez
Qu'ils ont recours à la vengeance. (C)
Les sots qui se trouvent percés
Des traits que la vérité lance : ...
Silence.

NOTES.

(A) « *Bon ! me dira quelqu'un ; ce SONGE est*
une fable ».

L'auteur fait semblant de le nier. Ce *songe* de CRÉSUS est en effet une fiction, un moyen imaginé pour rendre la mort du fabuliste d'une manière plus piquante et plus instructive, non quant au fait, mais au moral.

(B) *Ah ! malheureux ! je devine le sens*
De ton véridique Apologue.....

Un proverbe (souvent répété dans Athènes) était que « *la LYRE et les ANES n'ont rien de* « *commun* » : ESOPE, qui fut à portée de voir et

de juger les habitans de *Delphes* , indigné du
« *mépris qu'ils montraient pour la philosophie* , »
les appellait des *ânes*, ne pouvant pas concevoir
« qu'à moins d'avoir aussi peu d'intelligence que
» ces animaux, on pût dédaigner la sagesse ».
Il les qualifie par ces mots : *Pa : ton andropon
acreioterous ;* les plus inutiles de tous les
hommes.

Son plus grand regret fut de mourir de leurs
mains. Comme ils allaient le précipiter; il
s'écria : « Jupiter, quel mal t'ai-je fait pour
» mériter injustement la mort, non point de
» la part de quelques bons chevaux de bataille
» ou de mulets de bonne race, *mais de la part
» des plus méprisables de tous les ânes* » ?

On a érigé à Esope un grand nombre de
statues, dont trois mémorables, l'une à *Babylone*,
l'autre à *Athènes*, la dernière à *Delphes*.

L'histoire rapporte que celle de Babylone
était d'or, hommage digne du Roi qui avait
admiré son génie et sa sagesse. Ce monument
fut érigé à Esope, *de son vivant*.

Celui que les Athéniens dressèrent en son
honneur, ne parut *qu'après sa mort* ; mais ce
fut le tribut de l'admiration et de la reconnaissance. C'est à Athènes que cet esprit péné-
trant avait expliqué un testament , dont l'in-

terprétation avait déconcerté tous les juris-
consultes. (*)

Quant au monument de Delphes, il fut
construit par ordre de l'oracle, en expiation
du crime que les habitans avaient commis ; ainsi
c'est un honneur qu'il ne reçut encore *qu'après
sa mort*, et qui ne dispensa pas les Delphiens
du repentir : sa statue devint au contraire un
témoignage de leur ineptie et de leur injustice.

Nous avons agi de même à l'égard de Molière,
excepté que nous ne l'avons pas *tué*. Son buste
(porté à l'académie *après sa mort*) a joui d'un
honneur que n'avait pas eu sa personne.

(*) Cette statue fut l'ouvrage de Lysippe,
le seul sculpteur par qui Alexandre voulut être
coulé en bronze. Elle était probablement grande
comme nature ; puisque Phèdre dit : *in-
gentem statuam*. Les Athéniens en avaient érigées
aux sept Sages : celle d'*Esope* eut *le premier* rang,
parce qu'il avait enseigné la sagesse *en jouant*,
et non d'une manière sèche comme d'autres
Sages, ou soi disant tels.

  (C) « *Ils ont recours à la vengeance*
    Les sots qui se trouvent percés
    Des traits que la vérité lance »......
      Silence.

Le Métromane de Piron lui tient lieu de statue.

Ceci a rapport à ce que nous venons de dire, en parlant du *mépris* des Delphiens *pour la philosophie.*

Nous ne manquons pas de gens qui, par intérêt, par hypocrisie, par bêtise ou par animosité, manifestent les mêmes sentimens, sans *définir* la philosophie, sans établir de distinction entre la *sagesse* et l'*extravagance*, cela n'étant pas nécessaire, attendu le divin prononcé d'un des leurs : « *tuez toujours : Dieu saura distinguer les bons* ».

LE CASTOR ET LA GUENON.

Vis et nequitia quid quid oppugnant ruit.

L'HOMME est né destructeur : oh ! combien
　　　　　　　　　d'animaux
Dont ou cherche aujourd'hui mais en vain
　　　　　　　　　l'analogue !
La terre les recéle et nous offre leurs os,
Rien de plus ! ce penser mérite un Apologue.

Un malheureux Castor, chassé de son palais
　　　Par l'injustice et par la force,
D'un cocotier, un jour, s'en fut ronger l'écorce
Tristement;.. mais enfin l'écorce est un bon mets
　　　Pour cet animal amphibie.
Son toit, ses magasins et ses provisions
Tout était saccagé.. ! dans ces occasions
Il faut bien quelque part aller chercher sa vie,
Et c'est ce que faisait notre aimable maçon.
Mais, sur ce cocotier un Singe et sa Guenon
L'un et l'autre installés et tenant leur ménage,
　　Ne donnaient pas des secours aisément
　　　Aux affamés du voisinage.

Loin du logis, alors, le maraudeur Bertrand
Furetait, dans l'espoir de trouver quelque aubaine,

Laissant à sa moitié le soin du demeurant.
A ce pauvre Castor la Dame suzeraine ,
Du haut de son pallier dit inhumainement :
Qui te rend si hardi d'entrer dans mon domaine,
Et que fais-tu là bas ? viens-tu pour nous combattre ?
Crois-tu nous renverser ? te flattes-tu d'abattre
Encor cet arbre-ci, pour rétablir tes ponts,
Gêner le cours des eaux , et manger les poissons ?
— Je n'ai pas tant d'espoir, dit d'un ton lamentable.
Mon Castor aux abois : sauvez un misérable ,
Un proscrit, satisfait de peler seulement.
Cet arbre qui vous donne un si doux aliment.
    — Retire-toi ; l'homme a juré ta perte
Et tu l'as méritée : il me recherche moi !
      Tous les jours , pour m'avoir chez soi
      On le voit à la découverte.

    Notre Castor humilié ,
Se fâche et d'un ton fier, du vrai ton d'un artiste,
    Reprend : tais-toi, saltimbanque égoïste.
L'homme, qui te sourit, se voyant copié,
Admire mon travail, et devient mon copiste.
L'honneur que l'on te fait t'abuse, et fait pitié.

Il dit, et le voilà (vainqueur de la pécore
Mais non pas du besoin) qui ronge, et ronge encore.
Mais sur le cocotier Dom Bertrand de retour
    A vu le Castor à son tour :

Il jette un cri d'effroi. Dans l'instant la peuplade
Fait pleuvoir cent cocos sur le pauvre malade :
Il expire et s'écrie, en subissant son sort ;
O terre ! entrouvre-toi : c'en est fait de ma race;
Que ferions-nous encore errans à ta surface ?
Le talent que j'avais a causé ma disgrace.
L'homme m'a poursuivi ; l'homme a voulu ma
mort.

Dans tous pays, dit Pop....ce des dédicaces
   On réussit auprès des grands.
   La fortune est pour les grimaces
   L'adversité pour les talens. (*)

NOTES.

(*) Voyez dans le charmant poëme intitulé :
L'ART de DÎNER EN VILLE, la longue litanie des
bons auteurs et des hommes de génie, *morts
dans la misère.*

Voltaire a dit des auteurs de son tems qu'il
appuyait de son crédit, et qui n'étaient pas
moins pauvres, quoiqu'il leur payât des pou-
lardes :

  « Dans ce tems-ci la gloire et les lauriers
  » Sont dévolus aux auteurs des charniers ».

Il désignait par là Fréron et compagnie.
Le ressentiment dont il était animé, l'a quel-

quefois empêché de remonter au-delà du tems
où il vivait.

Dans son poëme de LA MORT DU TASSE,
M. *Leleux*, imprimeur et poëte à Lille, comme
M. *Raoul* à Meaux en Brie, a rendu harmo-
nieusement hommage à la vérité, quand il a dit
de Torquato :

« Proscrit dès sa naissance, à l'exil condamné,
» Méconnu dans-Paris, opprimé dans Ferrare ;
» Il épuisa du sort l'inconstance barbare ».

Lafontaine (à peu de chose près) ne fut pas
plus heureux ; il n'est devenu immortel qu'après
sa mort. (*)

On est en usitude s'étonner que Louis XIV
n'ait pas apporté une attention particulière à
la situation de ce poëte, véritable phénomène,
dont Boileau avait parlé *si avantageusement*,
ailleurs que dans son *art poétique* ; mais
il n'est pas le seul qui ait laissé de côté les
fabulistes. Dans les *poétiques* de ses prédeces-
seurs, on ne trouve les noms d'aucun d'eux.
Horace, *Vida* et autres, seraient donc aussi

(*) « Rendons graces au duc de Bourgogne,
dit M. *de Laharpe*, de ce que (sous le règne de
Louis XIV) l'Angleterre n'a pas été chargée du
soin de nourrir Lafontaine » !

répréhensibles que *l'imitateur* de l'épître aux Pisons.

C'est toujours avec une sorte de chagrin que j'entends dire de Boileau qu'il a oublié Lafontaine.

Peut-être il aura pensé que si Horace a gardé le silence sur la fable et les *fabulistes*, c'est que la fable, prenant tous les tons, et s'offrant sous toutes les formes, échappait aux *préceptes* comme Protée aux consultans qui croyaient le saisir : alors il aura renoncé à mettre dans les liens les poëtes de ce genre.

Mais ne croyons pas, ne disons pas qu'il a *oublié* LAFONTAINE, et « qu'il *n'en a pas parlé* ».

Personne ne lui a peut-être rendu plus de justice, et je ne dis pas seulement pour ses *fables* mais pour ses *contes*, chose d'autant plus remarquable que Boileau était plus chatouilleux et plus sévère sur l'article des sujets amoureux.

Lisez son *apologie* de JOCONDE, et vous vous reprocherez d'avoir taxé Boileau de manque de goût, de jalousie ou d'insouciance. C'était bien connaître et apprécier notre fabuliste que de dire de lui :

« Il n'y avait pas à appréhender qu'un pareil
» homme, *formé au goût de Térence et de Virgile,*
» se laissât emporter à des extravagances italien-
» nes, et s'écartât de la route du bon sens ».

« Tout ce qu'il dit est simple et naturel ; et

» ce que j'estime sur tout en lui, c'est une certaine
» naïveté de langage que peu de gens connaissent,
» et qui fait pourtant tout l'agrément du discours.
» C'est cette naïveté inimitable qui a été tant
» estimée dans les écrits d'*Horace* et de *Térence* ;
» c'est ce *je ne sais quoi* qui nous charme, et
» sans lequel la beauté même serait sans graces ».

Il *emprunte*, et cependant il *crée*. L'un de ses
mérites consiste à rendre vraisemblable ce qui
ne l'est souvent point du tout dans les récits
dont il s'empare. Le connaisseur ne voit dans
les matériaux qu'il emploie que de l'argile qu'il
pétrit à son gré.

Le bonhomme nous fait tous disparaître,
jusqu'à *Florian* le plus aimable de ses imitateurs,
et que le *sentiment* distingue. Chose étonnante !
il a fait parler les mêmes animaux que Lafontaine ;
il n'a pas prétendu rivaliser ; il a écrit d'après
son cœur, et il a réussi. Preuve de plus que la
fable n'admet point de *préceptes*. Défions-nous
cependant de l'écueil ; car personne ne se défend
de la tentation de comparer ; et comme nous
n'avons pas reçu de la nature l'aimable manière
de Florian, continuons de mettre en scène des
êtres auxquels Lafontaine et lui n'ont pas pensé,
ou qu'ils ont laissés là.

LE CRAPAUD, LA TORTUE

ET BLAISE.

DANS le jardin d'un villageois,
Bon vivant, d'humeur avenante,
Ces jours passés, près de Gros-Bois (A)
(Séjour charmant où, pour grossir ma rente
Poussent le choux frisé, les fèves et les pois,
Qu'aujourd'hui je sème et je plante :)
Je vis deux animaux d'espèce différente,
L'un et l'autre élevant la voix
Et se ménageant peu. Témoin de leur dispute,
Je la vais raconter. Si vous avez mes yeux,
Vous croirez, comme moi, voir un auteur en butte
Aux traits d'un censeur venimeux.
— Quel penser ! va-t-on dire ; il sent bien la
rancune ! (B)
—Pourquoi pas la justice ? Au surplus, de tout tems,
Chacun, au gré de ses penchans,
Ici-bas, comme dans la Lune
Voit des clochers ou des amans.
Lorsque j'aurai rempli ma tàche,
Je veux dire occupé votre esprit doublement,
Vous pourrez, sans que je m'en fàche,
Rectifier mon jugement.

10

« Qui donc amène ici cette hideuse bête ?
» Sur cette herbe flétrie on voit qu'elle a marché !
» Le vilain dos ! quel ventre ! et quelle horrible
                                                    tête !
» Le monstre ferait mieux de se tenir caché
» Que d'oser, en plein jour, ici se mettre en quête,
» Y prendre, sans façons, mouches et vermisseaux ;
          » Et, lorsqu'à manger je m'apprête,
          » De ma bouche ôter les morceaux ».

          Du plus énorme des Crapauds
Ainsi, dans un verger, parlait une Tortue,
(Terrestre, on le devine) : on l'avait mise là
Pour purger le jardin de la tourbe menue
Des insectes nombreux dont elle est l'Attila.
Mais comme, sur ce globe, il faut que chacun vive,
Du Crapaud dédaigné la réponse fut vive.
Si je suis laid, dit-il, au moins je suis guerrier,
          Et je ne crains pas de paraître !..
          Tu n'oserais m'injurier,
Si, pour t'envelopper et préserver ton être,
          Tu n'avais pas un bouclier.
Poltronne ! de quel droit viens-tu te récrier,
          Quand je rends service à ton maître ?
          Tu feins de ne pas me connaître
          Et tu cherches à m'éloigner,
Parce que nous chassons tous deux même gibier.
Tu devrais me souffrir, fût-ce ici ton domaine :

La paresse t'y tient, et le besoin m'amène.
-- C'est un malheur ; car à l'espèce humaine,
Il faut plaire, et le ciel t'a ravi ce moyen :
Je l'ai reçu de lui, tu le vois ; ce jardin ,
    Où librement je me promène,
    Blaise m'en a fait la gardienne.
Si j'osais dire tout. -- Achève, parle. -- Eh bien,
    A ta mort tu ne laisses rien
    Qu'un cadavre qui nous empeste.
--Eh! que laisse-tu donc, toi ? -- regarde-moi bien :
Ma maison bigarrée à tes regards l'atteste ;
Mon écaille est utile et mon écaille reste. (C)

ALORS vous eussiez vu le Crapaud furieux
    Se gonfler et rouler des yeux
Enflammés , teints de sang , comme ceux de
                      Mézence ,
Effroyable ennemi des hommes et des Dieux
    Dont il défiait la présence.
Le Crapaud se retourne et lance son venin. (D)

DANS ce moment paraît le maître du jardin !
Le Crapaud, lourdement se traîne et le devance.
Blaise allait le laisser retourner dans son trou,
Quand ses yeux, par hasard, portent sur deux
                      rangées
    De fraises à demi-rongées.
  Oh! oh! dit-il, cet insigne filou
Osera, de nos mets, sans respect ni mesure

Approcher sa machoire impure !
Tu périras. Il dit et, nouveau Gabriël,
Non d'une lance armé, mais bien avec sa bêche,
Sur le dur parchemin de l'animal revêche
Porte un coup, (E) celui-là de ce séjour mortel
Fit trouver au Crapaud la douloureuse issue.
Introduit, sans payer, dans la barque à Caron
    Il alla réjouir la vue
    De Tysiphone et d'Alecton.

    VENONS à la comparaison.
La modeste Tortue au grand jour se dérobe ;
Elle a du tendre agneau la crainte et la candeur,
Et laisse, comme lui, les profits de sa robe,
Sans parler du grand bien que son sang et sa chair
    Font au voyageur qui, sur mer,
Demeuré trop long-tems, la poursuit et l'immole ; ...
    Et cependant elle est l'idole
    De plus d'un peuple adorateur
    Qui la voit comme le symbole
      De la douceur ;
Tandis qu'en tous climats, de l'un à l'autre pôle,
Chargé d'un noir venin, promenant sa laideur,
Emblème de Satan, le Crapaud fait horreur.

NOTES.

(A) *Gros-Bois*, palais appartenant au vice-

Connétable, prince de Neufchâtel et de Wagram, distant de Paris, de quatre lieues, sur la route de Brie : le parc et les bois taillis qui l'entourent sur un terrain sablonneux, mais successivement garni de fleurs variées, font de ce lieu, où je vis retiré dans une cellule des anciens religieux Camaldules, le séjour le plus riant qu'il y ait aux environs de la capitale.

(B) « *Ce penser là sent un peu la rancune* ».

Point du tout. Qui vous empêche de voir ici *Gacon* et *Lamothe Houdard ? Lamothe*, l'un des beaux esprits de son siècle était si doux et si peu disposé à repousser les injures ; il se montra tellement impassible à la lecture des satyres de Gacon, qu'aujourd'hui même on est encore outré, quand on pense au venimeux agresseur, acharné contre ce *modèle de patience*, qui véritablement semblait (comme la Tortue) se réfugier dans son enveloppe, je veux dire dans son mérite, assez connu *alors* pour le préserver de pareilles atteintes.

Jamais il ne fit rien *imprimer* pour repousser l'injure. On ne connaît de lui qu'une réponse épigrammatique *confidencielle* à un ami qui l'excitait à confondre ce *Gacon*, le comparant (à l'aide d'un passage de *Plaute*) à un *vase de nuit qui tombe sur la tête; accident qui oblige celui qui le reçoit à se bien nettoyer.*

Lamothe n'est pas de ces auteurs qui vivront autant que le monde : c'était un poëte médiocre ; il ne savait pas le grec ; mais le latin, il le savait très-bien. Egayé par la citation de son ami, il lui répondit, par ces autres vers que lui fournit son heureuse mémoire :

Audent flagriferi matulæ stupidique magistri
  Bilem in me impuri pectoris evomere :
Quid faciam ? reddamne vices ? sed nonne cicadam
  A la una obstreperam corripuisse ferar ?
Quid prodest muscas aperosis pellere flabris ?
  Negligere est satiùs perdere quod nequeas.

(C) « *Le Crapaud* se retourne, *et lance son
               venin* ».

Dans un apologue, que j'ai lu ces jours derniers, j'ai vu que l'auteur donne à penser, en parlant du CRAPAUD, que le venin sort de *sa gueule.* C'est une chose que l'on aurait pu dire il y a un siècle, tems où l'on était moins instruit des mystères de la nature, et où il suffisait d'une *erreur accréditée* pour servir de base à une fiction ingénieuse.

Aujourd'hui que des connaissances positives, universellement répandues, nous empêchent de nous permettre de pareils écarts, et que nos fictions perdent leur prix, si elles ne sont pas

aussi instructives qu'amusantes ; je me trouve
obligé en parlant du Crapaud (*tournant le dos
à son adversaire pour lancer son venin ,*) de justifier ce manége, absolument opposé à celui que
lui fait faire le poëte dont je parle ; autrement
il pourrait se trouver des lecteurs qui ne sau-
raient lequel des deux s'est trompé de ce nar-
rateur ou de moi.

La vérité est que quand le Crapaud se sent
harcelé, il lance *par derrière,* sur celui qui le
maltraite, une liqueur virulente, ou pour le
moins nauséabonde comme sa bave ; liqueur
contenue dans une bourse particulière, analogue
à sa vessie.

Le Crapaud fait plus de peur que de mal.
On aurait tort de croire que l'humeur qu'il
lance est un poison mortel, d'autant plus qu'il
n'a point de dents, et qu'au rapport de
M. HALLER, « il n'y a en Europe *aucun*
» animal dont la salive ou la bave puisse nuire,
» *à moins d'être introduite dans le sang à l'aide*
» *d'une morsure* ». Cependant comme les légu-
mes et les fruits qui se trouvent imprégnés de
la bave du Crapaud, peuvent causer un déran-
gement d'estomac, il y a réellement de l'indis-
crétion à manger des herbes et des fruits *cueillis
à terre ,* comme les fraises, sans les laver auparavant.

(D) « *Porte un coup... celui-là fut mortel* ». .

L'ange aurait envain essayé de tuer le Crapaud qu'il vit dans le jardin d'*Eden* : c'était le diable, et le diable reprit sa forme. Dans cet apologue il n'y a point de diable caché sous l'enveloppe du Crapaud : le croire ce serait nous supposer quelque intention maligne. L'animal que j'ai mis en scène est un être mortel ; voilà pourquoi le jardinier réussit à l'envoyer dans l'autre monde : croyez-moi sur parole. Le doute cependant ne serait pas un crime.

L'AGNEAU ET LE CHIEN. (A)

(IM.)

Homines obsistunt legibus, capiuntur meritis.

(PHÈD.)

Le mérite a des droits, la raison éclairée
Peut se montrer à moi, tenant son prisme en
　　　　　　　　　　　　　　　main.
J'aime la bienfaisance ; elle est sainte et sacrée :
J'adore, je bénis son pouvoir souverain.
Mais . . . .
. . . .
Mon cœur est libre, enfin l'on ne peut y régner,
Si l'on n'a les vertus qui le doivent gagner.
Tous vos ordres sont vains : vous-même ni personne
Vous ne pourrez jamais embrasser tendrement
Quiconque vous maltraite, ou qui vous abandonne.
Vous savez vous contraindre : on le peut un
　　　　　　　　　　　　　moment ;
Mais vos respects forcés expirent sur vos lèvres ;
Je lis dans votre cœur et vois qu'il les dément.

　Au milieu d'un troupeau de Chèvres,
Pluton, chien de berger vit un Agneau bêlant,

Y penses-tu, dit-il; quoi tu cherches ta mère
Parmi ces dames-ci ! benêt ! tu perds ton tems :
Vas plus loin ; les brebis sont là-bas, dans les
　　　　　　　　　　　　　　　　champs :
　　L'Agneau répond : je vous entends,
　　Mons Pluton, mais qu'irais-je y faire ?
　　Chercher sans doute à votre avis
　　Celle de qui la fantaisie
Ne m'a pas consulté pour me donner la vie ;
Qui m'a, comme un fardeau, pendant cinq mois
　　　　　　　　　　　　　　　précis,
Balotté dans son flanc, puis déposé par terre, (*)
　　Sans avoir eu d'autres soucis !
　　C'est vous dont l'erreur est grossière
　　Si vous pensez que ma mère est brebis.
Ma mère est celle-là qu'on voit, sur la verdure,
　　Sauter, bondir, et de son lait
　　Me prodiguer, quand il me plaît,
　　La saine et douce nourriture,
Qu'entends-je ? dit Pluton : juste ciel ! je frissonne :
Ah ! l'on vous grillera, symbole de douceur !
　　Agneau sans tache ! innocente personne !
Quoi ! cela tette encore et s'érige en docteur !
En effet plus d'enfans ! sitôt né l'on raisonne !
Il se por ait...! parlez : quoi ! mon petit Monsieur,

(*) *Novissimè prolapsam effundit sarcinam.*

Tout de bon ? celle-là ne vous est pas plus chère
Grace à qui vous voyez aujourd'hui la lumière ?
Nenni, reprend l'Agneau ; non ma foi, non
d'honneur !
Ma façon de penser vous paraîtra nouvelle :
Je vous semble ingrat et méchant ;
J'ai cependant l'ame fort belle :
Quand on me fait du bien je suis reconnaissant.
Une brebis m'a porté dans son flanc ;
Eh bien ! la brebis savait-elle
Si je serais mâle ou femelle,
Si je naîtrais ou noir ou blanc ?
Me voilà mâle ; assurément
Je lui dois savoir gré d'un aussi bon office !
Je puis tomber à tout moment
Sous la main du boucher dont le fer nous égorge !
Quel motif si puissant me ferait préférer
Celle qui, par instinct, stupidement nous forge,
A celle dont le cœur nous sauve du danger,
Qui nous tire de la misère,
Et dont l'amour constant daigne nous soulager !
Docteur Pluton, les lois auront beau faire ;
Malgré les lois, l'usage, et vos raisonnemens,
Ceux qui nous font du bien, voilà nos vrais
parens.

(A) Cette fable peut n'être pas inutile, si elle

sert de leçon aux marâtres : il est probable que
Phèdre la composa dans cet esprit. Cependant
un enfant maltraité par ses parens leur doit
encore du respect ; et nous n'estimerions pas
celui qui, mécontent de sa mère, et attribuant
sa naissance aux lois de la nature, dirait comme
l'Agneau :

Undè illa scivit niger aut albus nascerer ?

Eh bien ! ma mère savait-elle
Si je naîtrais ou noir ou blanc ?

La justesse de la réflexion ne saurait le justifier.

Bocace fait souvent rire : n'est-il pas édifiant,
lorsqu'en faisant la peinture du pénitent *ser
Ciapelleto*, il lui fait dire à son confesseur :
« Dieu ne me pardonnera jamais, s'il se souvient
» qu'à l'âge de *deux ans*, je me *dépitai* contre
» ma mère : ce crime est irrémissible ; ma
» pauvre mère qui m'a porté neuf mois dans
» son ventre, le jour et la nuit, qui me tenait
» dans ses bras quand j'étais petit. Non, Dieu
» ne me pardonnera jamais d'avoir été un si
» méchant enfant » : Il est dommage que
Chapelet Duprat qui parle ainsi, soit un tartuffe,
ne pense point ce qu'il dit, et laisse entrevoir
qu'il se moque, en se faisant criminel à *deux ans*.
Ces sentimens seraient admirables dans la bouche

d'un homme qui aurait été coupable d'ingratitude, dans un âge avancé.

Paris a vu un enfant respectueux recevoir, de son père, deux soufflets sans mot dire; et percer, d'un coup d'épée, un témoin dont le rire sardonique annonçait que le patient était si respectueux, que l'on pouvait douter de son courage. Voilà deux devoirs bien remplis.

wwwwwwwwwwwwwwwwwwwwwwwwwwwwwwww

LE REQUIN, LE LAMENTIN
ET LE PÊCHEUR,

Sur lui-même tournant, roulant comme une
meule,
Le monstre appellé *Requiem*,
(Mot qui vient du danger d'approcher de sa
gueule,)
Requiem ou Requin c'est *unum et idem* : (*)
Un Requin, emporté devers la Cayenne
Par les flots courroucés ou par son appétit,
Dans certaine rivière où finissait son lit,
Entre et s'enfonce; elle était toute pleine
De gros poissons : la surface de l'eau

———————————————

(*) Requin ou *Requiem*. Animal vivipare,
cétacée antropophage : grandeur 25 pieds. On en
a pris à Nice et à Marseille, dans l'estomac
desquels on a trouvé, dit-on, un homme tout
entier : aujourd'hui que l'expérience a prouvé
que la baleine n'avale pas de gros morceaux, on
pense que si Jonas entra tout entier dans le corps
d'un poisson, ce ne dut être que dans le corps
du *Requiem*, mot qui ne rime guère avec *idem;*
il est là en attendant mieux.

A ses regards charmés offre le lourd museau
Du Lamentin, timide et douce créature,
Monstrueux animal à qui, pour nourriture,
   L'herbe suffit, et qu'on voit se montrer
Très-fréquemment, soit pour chercher pâture,
     Soit à dessein de respirer :
Car son nez seul paraît, tout son corps est dans
                      l'onde.
    Le Requin, pour s'en assurer,
Se coule entre deux eaux, circule, fait sa ronde,
Va, vient, s'approche et rend graces aux Dieux,
Tant il est assuré de ne pas trouver mieux,
Et qui plus amplement à ses désirs réponde!
  Le Lamentin, sous chacun de ses bras
Serrait un nouveau né, morceaux très-délicats
Que flaire le Requin, qu'il caresse avec joie,
Pensant que tous les deux vont devenir sa proie,
   Et qu'il va faire un bon repas.
  Le Lamentin est un poisson de taille
   A ne pas craindre la bataille; (*)

(*) Le *Lamentin*, ou poisson bœuf, animal
vivipare, long de 16 pieds, pèse mille livres.
C'est un poisson d'eau douce, il ne vit que d'her-
bages. Il est supposé ici à l'embouchure d'une
rivière, dans laquelle entre un Requin qui sort
un moment de la mer.

Mais il est sans courage et sans agilité.
Chez celui-ci pourtant, de la maternité
    S'éveille la sollicitude.
Eh ! de quel droit, dit-il, bourreau de sens rassis !
Oses-tu t'approcher pour dévorer mes fils ?
Remonte au sein des mers, va t'y faire une étude
    D'assouvir ta voracité.
    A cette dure vérité
    L'animal vorace irrité ;
    Ce que mon estomac demande
Il me le faut, dit-il : avec ta réprimande.
    Tu me fais perdre ici mon tems ;
    Point de raisons, point de querelles ;
    Donne-moi vîte les enfans,
    Ou je te mange les mamelles.
Il dit et, dans l'instant, fond sur le discoureur.
Notre lourd poisson bœuf, gêné par la nature,
Gêné par ses petits qu'il presse sur son cœur,
    N'est occupé dans son malheur
    Qu'à sauver sa progéniture.
    Inutile défense ! inutile torture !
De la chaîne des maux voit-on jamais la fin ?
    Ici du triste Lamentin
L'homme encor, l'homme vient aggraver le
                        destin !
    On n'en est pas surpris, je pense :
    On sait trop bien que très-souvent
    Pour le crime est l'heureuse chance,

Et que des maux sans nombre écrasent l'innocent..

Voici que des pêcheurs, qui cherchaient aventure,
Du pauvre Lamentin apperçoivent la hure.
De graisse il doit donner pour le moins un poinçon,
    On vous lui jette le harpon ;
  Il est atteint, la force l'abandonne ;
Il lâche ses petits ; *le Requiem* tient bon :
Mère, enfans, tout périt, on ne voit plus personne.

Nous nous dévorons tous, on le voit ; tout prend fin.
Le désir d'amasser ne connaît pas de frein ;
Il tourmente en despote ainsi que la nature.
Je vous laisse à penser, dans cette conjoncture,
    Lequel fut le plus inhumain,
Des avares pêcheurs ou du goulu Requin ?

mmmmmmmmmmmmmmmmmmmmmmmmmmm

LA VIEILLE ET LA CRUCHE.

(IM.)

Qualem te dicam bonam, tales sim sint reliquiæ ?

(PHÈD.)

UNE vieille, chemin faisant,
Vit à terre une Cruche vide,
Vide, d'un falerne excellent !
L'étiquette et la lie au connaisseur avide
En offraient le double garant.
La Vieille la ramasse et, dans son ouverture
Enfonçant, son grand nez, délecte ses poumons
Embaumés de parfums pompés avec usure.

PHÈDRE, dans ce tableau s'est peint d'après
nature :
L'esprit a beau vieillir, les restes en son bons.

Fin du second livre.

APOLOGUES.

LIVRE TROISIÈME.

PROLOGUE.

J'ai vu beaucoup d'auteurs chercher la renommée,
    D'autres courir après l'argent :
    Ma muse n'est point affamée
        De fumée :
De l'argent il en faut : ce n'est pas à présent
Qu'on jetterait à l'eau ses écus et sa tasse.
De Cratès un moment j'ai porté la besace ;
J'étais mort ; je renais graces à Pommereul
Qui, maîtrisant pour moi la fortune ennemie,
De dessus mon squelette a levé le linceul
    Et ressuscité la momie.
Que tout autre que moi se donne le tourment
D'aller voir son trésor de moment en moment ;
    Qu'il accumule, qu'il entasse :
    Je ne cherche que le moyen
D'arriver à l'estime, au cœur des gens de bien.
Mais, par un vieux Satan jetté dans un impasse,

Il me faut rester là : je pourrais m'en tirer.
Si dans plus d'un café, sans soucis, sans affaires,
Tel qui lit de Gorju les farces journalières
Ne s'en égayait pas, riant jusqu'à pleurer,
Des lazzis du bouffon qui le font digérer.
Courage, mes amis ! Eh ! comment ne pas rire
D'un auteur immolé, *qui doit laisser tout dire,*
    Tout entendre... et tout endurer !..
Encore s'il pouvait (dégagé des tenailles);
Sur le nez des D u n s t a n (*) user de représailles,
Les montrer, dans les airs, conspués et bernés !
C'est alors qu'on verrait les bons saints consternés:

(*) *Dunstan.* Tout le monde sait l'histoire de
ce chymiste du tems passé. L'auteur de la Mé-
tromanie a un peu abusé de sa propension à la
gaîté dans son *Conte* intitulé : Le N e z e t l e s
P i n c e t t e s, d'autant plus qu'il a altéré le texte
des livres saints. On est scandalisé de voir qu'à
la suite du démêlé qu'il y eût entre Saint Dunstan
et le diable ; celui-ci, à qui le saint avait brûlé
le nez avec sa pince, faisant à son tour des pincettes de son derrière, déploye ses ailes, emporte son chauffeur dans les airs, où il l'expose,
comme la Tortue voyageuse, à la risée des spec-
tateurs.

Leur chûte inattendue et leur figure platte
Pourrait des bons esprits désopiler la rate.
Espérons : tout finit ; peut-être quelque jour
Nous cesserons de voir tant de têtes branlantes
Saluer les arrêts de nos feuilles volantes.
Dieu du goût ! Dieu des cœurs ! Muses ! Cypris !
                              Amour !
De graces faites donc que chacun ait son tour...

Mais toujours aux faux Dieux un poëte s'adresse !
              Parlons à celui qui sans cesse
Nous voit et nous entend de son brillant séjour.
Que la trompette sonne, et qu'un vrai Dieu, le
                              nôtre,
Descendant, pour juger les vivans et les morts,
Mette, balance en main, et pesant tous nos torts.
D'un côté la Colombe et les Corbeaux de l'autre !

vvv

LE HÊTRE ET LE ROSIER NAIN.

Floreat irriguum que bibant violaria fontem.

Sous le dôme touffu que formait un grand Hêtre,
Dans le parc d'un Sultan la nature fit naître
    Petit Rosier nommé Pompon :
De tems en tems à peine il ouvrait un bouton,
    Et n'attirait pas l'œil du maître.
Un jour que celui-ci voulait prendre le frais,
    Le voilà qui va sous le dais
  De son grand arbre, et s'assied... tout auprès
De notre arbrisseau Nain : il s'y trouvait à peine
Qu'il baille, veut dormir, et cherche à s'étaler.
    Mais mon petit Rosier le gêne ;
Il le veut arracher ; sa tentative est vaine.
L'arbrisseau voit pourtant qu'il ne peut demeurer,
    Pour peu qu'à deux fois on s'y prenne.
Il était né muet, la peur le fait parler :
Les arbres, pour bien moins, parlent dans
                      Lafontaine.
Effrayé du danger, touchant presque à sa fin
    Le charmant nourrisson de Flore
Armé pour son salut, vous pique un peu la main
  De sa hautesse, et s'oppose au dessein
Qu'elle pourrait avoir de le toucher encore.
    Puis il lui dit : pourquoi m'ôter d'ici ?

Pensez-y bien ; votre colère
Vous est à vous mêmes contraire.
--Comment ! ce nabot parle ! et d'un ton !.. qu'est
ceci ?
Mettons fin à ce verbiage.
Tu ne rapportes rien. -- Eh ! c'est là mon souci.
Faites tomber quelque branchage
De ce grand arbre que voici ;
Vous voyez qu'il me porte ombrage,
Et ne cesse de m'épuiser.
C'est en vain que du ciel l'eau tombe en abondance,
Rien pour moi, rien. Seigneur qu'on daigne
m'arroser ;
Et vous chercherez ma présence !
Je ne m'en tiendrai pas à contenter vos yeux.
Quand, sous cet arbre officieux
Vous viendrez éviter une chaleur brûlante,
Vous me verrez, pour vous, prévenant et soigneux
Exhaler les parfums de ma fleur odorante :
Vous n'aviez qu'un plaisir, et vous en aurez deux.
--C'est promettre beaucoup !--essayez-en de grace.
Comme ils parlaient, voici le Bostangi qui passe :
Son maître lui dit ; viens, voici du merveilleux !
Ce Rosier que tu vois nous promet des miracles
Pourvu que l'on en prenne soin :
Il peut avoir raison ; lève tous les obstacles
Qui lui nuisent : tu sais ce dont il a besoin,
Fais-le. -- J'obéirai. Le jardinier l'arrose,

Monte sur l'arbre et jette à bas
Deux de ses inutiles bras.
On vit alors fleurir la Rose.
Le Sultan enchanté, recueillant ses esprits,
Dit ces mots, suffisans pour son apothéose :

LES Grands sont assez forts, prenons soin des
petits.

LE ROSSIGNOL, LE HIBOU,
ET L'ANE.

Sur un buisson de rose un Rossignol chantait..

 Au creux d'une vieille masure,

 Un Chat-Huant qui l'écoutait,

Réfrogné, mécontent, faisant triste figure,

 Aurait voulu qu'un Emouchet

Au héros du printems vint couper le sifflet.

 Soit ignorance, jalousie,

Ou naturel glouton, lui-même il le goûtait,

 Et lui voulait ôter la vie.

 Doué d'une autre mélodie,

Au piquet, à l'attache, à quelques pas de là,

Un autre Rossignol, Rossignol d'Arcadie,

 Dans ce moment se signala.

Maître Hibou, charmé d'un aussi doux ramage,

Crie, à l'instant, bravo! ses pareils font chorus,

 Et le Baudet qu'on encourage,

Fier de son dur cornet, de corner davantage!..

Par cet amas de sons discordans et confus

De l'aimable chanteur, malheureux comme
        Orphée,

       12

La voix fut étouffée;...
.On ne l'entendit plus.

Stentors à la voix formidable,
Prôneurs, applaudisseurs obtus!
·C'est vous qui nous donnez le sens de cette fable :

Dans plus d'un Athénée un Ane a le dessus.

L'HOMME ET LA BELETTE.

Tous les jours un auteur peut produire des choses faibles, après en avoir fait de bonnes, et se trouver dupe, en donnant à ces dernières le même degré de confiance qu'à celles de nature à lui faire honneur.

Dans le journal de Paris (3o Mai 1811) on trouve une imitation de cette fable. de *Phèdre.*

L'auteur se trompe s'il se croit à la hauteur de son modèle. Voici ses premiers vers :

« Un homme, *en visitant* les coins de son logis
» Prit, un jour *en maraude,* une jeune Belette;
» Le fait *était certain* etc. ».

Phèdre ne dit rien d'inutile. Puisque la Belette fut *prise* en maraude, on voit, sans que l'auteur le dise, que le fait *était certain*. De plus la Belette qui dit tenir lieu de chat *dans la maison*, y était donc domiciliée. Pour lors elle fut prise en *flagrant délit*, et non pas *en maraude*; puisque, par *maraude* on entend le pillage que font, en tems de guerre, les soldats qui *s'éloignent du camp*.

.L'auteur a fait preuve de talent et de justesse de raisonnement dans plus d'une occasion ; je dois le dire parce qu'un critique n'est estimable qu'autant qu'il est juste. Mais on peut croire que pour cette fois il a eu trop de confiance en lui-même.

La *moralité* qui termine son récit est faible, et, qui pis est, *contradictoire*. Gardez-vous , dit-il ,

« Gardez-vous de ces gens qui n'ont point d'autre envie
« Que de faire votre bonheur ».

L'auteur a certainement dit le con-

traire de ce qu'il voulait dire; car il
est absurde de conseiller, au lecteur, de
se garder des gens *qui n'ont d'autre désir
que de nous rendre heureux.*

L'auteur aurait parlé net et dans le
sens de Phèdre, s'il avait dit : *gardez-
vous des gens* QUI DISENT *n'avoir pas
d'autre envie que celle de faire votre
bonheur,* ou , *de s'occuper de votre
bien être,* (*)

Lafontaine, quand il imite, ne laisse
rien à désirer. Nous! c'est autre chose.

Il m'est arrivé plus d'une fois de comparer le texte des sujets *laissés de côté*
par Lafontaine, avec l'entreprise de ses
successeurs, et de n'être pas assez satisfait du parallèle, pour ne pas *essayer
à mon tour* de me rapprocher *un peu*

(*) « *Hoc in se dictum debent illi agnoscere*
» *Quorum privata servit utilitas, sibi,*
» *Et meritum inane jactant impudentibus* »

plus de l'original. C'est ce que je crois pouvoir me permettre encore aujourd'hui, d'après les remarques que m'a donné lieu de faire l'imitation dont je viens de parler.

L'HOMME ET LA BELETTE.

. . . . Quæso, inquit, parcas mihi,
Quæ tibi molestis muribus purgo domum. etc.

Que penser d'un Bouleau qui se dirait tout bas,
Puis tout haut ? j'atteindrai la hauteur de ce Cèdre.
Il est fou, dirait-on. Combien de fous hélas !..
    Pour se mesurer avec Phèdre
    La vanité ne suffit pas.
Mieux vaudrait humblement dire son embarras;
Aussi j'en fais l'aveu : mais il me prend envie
    De lutter contre un de ces fous
Si souvent contens d'eux, si rarement de nous,
Tant la présomption tient leur ame ravie !
On le peut bien, je crois sans passer pour jaloux
    Et sans manquer de modestie.
Essayons. Après moi quelqu'autre fera mieux :
    Je l'espère, je le désire,
    Sachant qu'un zèle ambitieux
Tourne au profit de l'art satisfait qu'on aspire
    A bien entendre, à bien traduire
    Les chefs-d'œuvre de nos aïeux.
Mais qui peut se flatter du succès de sa peine?
Imitateurs nombreux qu'un doux espoir entraîne
Nous entendrons toujours dire au lecteur chagrin,

Quel dommage que Lafontaine
A personne, en mourant, n'ait laissé son burin !

Un homme prit une Belette.
Ah! méchante, dit-il, je te tiens donc enfin !
(Du sang d'une jeune poulette
Elle était teinte encore, et prévoyant sa fin,
S'allongeait pour s'enfuir :) l'autre a vu son dessein :
Rien ne te sert d'être fluette.
Reprend-il, tu mourras. La dame s'inquiète,
Son cœur bat, elle tremble ; elle est là sous la main.
Comme un voleur de grand chemin
Dont le trepas est une dette.
Comment faire ? tromper, parler, trouver moyen
De ne pas laisser prise aux arrêts du destin !
C'est ce que tout larron projette.
Grace, dit-elle ; holà ! Seigneur, soyez humain.
Vous ne prétendez pas que l'on vous serve en vain !
De piéges, tous les jours, vos voisins font emplette,
Et vous non : pensez-y ; je suis de bonne guette.
Cette ferme, avec moi, peut se passer de chats :
Ce qu'ils consommeraient je l'épargne. Les rats,
Les souris, les mulots, importune vermine,
A toute heure de nuit et de jour ne vont pas
Insolemment à la cuisine,
Salir vos mets en prenant leur repas.
Laissez-moi vivre, moi pauvrette.

Plus sage que le bœuf, qui dit et qui répète
   Que les hommes sont des ingrats.

AINSI se disculpait la bête famélique.
Oh, ho ! dit celui-ci, la bonne rhétorique !
   C'est sans doute pour m'obliger
Que tu vas te glissant dans mon garde-manger ?
Tes méfaits sont tous là, gravés dans ma mémoire,
Tu vis à mes dépens, faute d'autre moyen,
Cave, grenier, salon, tout est ton réfectoire ;
      Et tu voudrais me faire accroire
      Que tu travailles pour mon bien !
      Oh ! ce n'est pas là ton histoire.
Je te la dirai, moi : tous les menus débris,
      De pain, de poire, de fromage,
Et mon grain qui, là haut, tous les jours déménage,
Tu les gruges friponne, et n'en fais tes profits
      Que pour les ôter aux souris :
Et puis de ce gibier Dieu sait qui se régale !
      Et (quand tout est exterminé)
Qui plante là son hôte, et l'oublie et détale ?
Meurs ; on ne dira pas que je t'ai pardonné.
Meurs, et sers de leçon à ces voleurs insignes,
Serviteurs prétendus qui, deux seuls occupés,
Finiront... Mais que dis-je ? avec tes lois bénignes
Thémis ! n'entends-tu pas nombre de gens dupés,
Gémir loin des fripons à ton glaive échapés ?

ÉSOPE INSULTÉ. (1M.)

Erit ubi pœnas det procax audacia.

(PHÆD.)

ÉSOPE, blessé par un fou,
Qui le frappa d'un dur caillou,
Ne témoigna pas de colère :
Merci, dit-il, je n'ai qu'un sou, (*)
Tiens le voilà pour ton salaire.
C'est peu qu'un sou, veux-tu mieux faire ?
— Oui-da : — prends vite une autre pierre ;
Lance-là roide dans le dos
De ce riche à longue crinière,
Tu gagneras beaucoup plus gros.
De mon poëte Dromadaire
Ce fut un tour bien entendu.
Ses poings l'auraient mal défendu ;
Son esprit le tira d'affaire.
Le fou l'écoute, il croit bien faire ;
Il frappe, il blesse; il est pendu. (**)

(*) *Assem deinde illi dedit.* Trois liards et trois
quarts de deniers monnaie romaine. Un sol.

(**) *Pœnas persolvit cruce.*

REMARQUES.

Lafontaine a traité cette fable que je me permets de rendre à mon tour, et que j'emprunte,
comme lui, de *Phèdre*, où elle se trouve sous
le titre : *Esopus et petulans*. *Lafontaine*, dans
son imitation ne fait pas pendre l'insolent dont
Phèdre a dit : *pœnas persolvit cruce.*

Ce n'est pas *toujours* une témérité de s'essayer
sur un sujet emprunté du latin ou d'une autre
langue par les meilleurs de nos fabulistes, surtout
quand il est *prouvé* que les imitateurs ont laissé
de côté des passages qui méritaient d'être con-
servés.

La grande quantité d'imitateurs des D E U X
R A T S d'*Horace*, prouve que j'ai raison. On ne
serait en droit de traiter d'extravagant qu'un
auteur qui aurait le sot orgueil de lutter contre
ce que *Lafontaine* a fait d'inimitable. Cette fable
des *deux Rats* n'a tenté tant de monde que parce
que *Lafontaine* ne la rendue qu'en badinant,
d'une manière rapide, laissant désirer de *grandes
beautés* qui se trouvent dans son modèle; tandis
que tant de fois il se montre si supérieur à

son original, qu'il semble couvrir un léger canevas d'une riche broderie.

Je dis que ce n'est pas *toujours* une témérité de s'occuper d'un sujet emprunté.

Il serait difficile en effet de dire lequel de Lafontaine ou de *Boileau* a le mieux rendu l'Huitre et les Plaideurs.

Je m'expose certainement à la critique quand je fais des tentatives de ce genre ; mais nos plus malheureux essais ont leur utilité : ils contribuent à la gloire de nos maitres dans l'esprit des lecteurs que ne rebutte pas le titre d'un sujet connu ; et qui ne renoncent pas comme le vulgaire, au noble orgueil de prononcer sans le secours d'autrui.

~~~~~~

LE CHASSEUR IMPITOYABLE.

On ne dit pas du fils d'Alcmène
Qu'il ait passé son tems à tuer des Lapins :
Il cherchait les Lions : on eût ri de sa peine,
   Si, croyant remplir ses destins,
Sur un faible animal il eût porté ses mains.

   Vous que, loin des périls certains,
Dans nos bois, dans nos champs cet exercice
                              amène ;
Allez plutôt, allez dans les pays lointains ;
Frappez, percez le Tigre, étouffez la Hyenne : (*)
   Vous rendrez service aux humains.

(*) Cette fable est une espèce d'hommage rendu
à M. ANTOINE, à l'époque où il tua *la bête du
Gevaudan*. Fréron refusa de croire que c'était
une *Hyenne*, attendu qu'on n'en voit guère que
dans les déserts de l'Afrique. Mais, que ce fut
une Hyenne ou un Loup enragé, il est toujours
vrai que M. *Antoine* se signala dans cette circonstance, et méritait qu'on le félicitât, puisque la
Hyenne ou le Loup avait fait un grand car-

Un petit Hobereau (qui n'avait rien à faire);
Son fusil sur l'épaule, un jour, de bon matin,
        Sortit de sa gentilhommière.
        Guêtres, casquette, carnassière,
Bon braque et gourde pleine, en un mot tout le
                                            train
        Qu'exige l'arme meurtrière,
Vous annonce un chasseur et vous dit son dessein.
Tuer est un plaisir pour ce preux châtelain :
        Non pas qu'il soit homme de guerre;
Bien sait s'en garantir : j'entends que sous sa main

---

nage. Nous avons vu depuis, dans le journal
de Paris (12 mai 1811), une fable dont le fond
est *à-peu-près* le même que celui-ci; mais comme
nous n'y avons pas remarqué de mouvement,
et qu'il s'y trouve un oiseau *mort* qui parle à
l'oreille du chasseur, nous avons cru pouvoir
tirer de notre porte-feuille ce vieux apologue
que nous y aurions laissé dormir, parce que
ce n'était, en quelque sorte, qu'un impromptu
de société. On savait le nom du petit seigneur
mis en opposition avec le destructeur du monstre
du Gevaudan. Cette circonstance peut être mise
au nombre de celles qui donnent à quelques
productions un succès momentané.

Doivent tomber des êtres sans défense,
Tremblans à son approche et fuyant sa présence :
Tuer (mais sans danger) voilà son goût enfin.
Cruel amusement traité de jouissance !
Qu'un sauvage à l'affut, pour apaiser sa faim,
Perce d'un trait mortel le Chevreuil ou le Daim,
La nature le veut ; c'est un mal nécessaire.
Mais tuer sans besoins ! je ne saurais m'en taire,
C'est de gaîté de cœur, agir en assassin.
Tel est mon gentillâtre ; il quitte le chemin
Et dans un bois taillis va chercher aventure.

    Mais la neige sur les rameaux
    Y tient alors lieu de verdure !
    Ce froid tapis de la nature
S'étend là comme aux champs, aux vallons, aux
                    côteaux.
Ce n'était pas le tems de trouver des Perdreaux.
Qu'importe à mon chasseur ! il brave la froidure,
S'enfonce et, pour tout bien, rencontre....
                  des Moineaux !
    Quel gibier ! la gent emplumée,
Qu'occupe et que disperse un seul et même soin,
    Fait entendre, de loin à loin,
Non des chants gracieux, mais le cri du besoin.
Qui pourrait, sans gémir, les voir, en pure perte,
Sur ce tapis glacé dont la terre est couverte,
    Chercher partout en voletant.
Tantôt une eau courante et tantôt l'aliment ?

Qui? notre campagnard : j'ai dit qu'il faut qu'il tue,
  Que c'est là son amusement.
  Le voilà donc qui s'évertue
A tirer coup sur coup sur ce peuple innocent
Dont la pluie en tombant vient réjouir sa vue.
Son feu les assassine : il en tue enfin tant
  Qu'il ne lui reste de sa poudre
  Rien du tout, rien absolument.
Des voleurs embusqués attendaient ce moment
  Pour débucher et se résoudre
  A lui faire leur compliment.
Il y fallait répondre au gré de leur envie ;
Et c'est ce que le sot fit très-paisiblement ;
  Heureux, après sa barbarie,
  De ne perdre que son argent.
Le ciel, lent à punir, et peu craint du méchant,
Permit que les voleurs lui laissassent la vie :....
  Ah ! que le ciel est indulgent !

E N V O I.

BRAVE Antoine ! reçois l'hommage
De l'un de mes essais dans ce genre flatteur
Qui depuis Lafontaine abuse maint auteur :
Il ne m'appartient pas de vanter ton courage,
  Et ta mémorable action.
Je n'ai pu qu'opposer, dans une fiction,

Un chasseur qui s'expose, au chasseur inutile.
Thomas parlera mieux ; attends tout de son style,
Un poëte, formé par Homère et Virgile, (*)
    Doit traiter avec dignité
Un sujet que, d'ailleurs, lui rendra plus facile
    Son amour pour l'humanité.

(*) Auteur de l'épître au peuple et autres ouvrages, qui lui ont mérité de la célébrité.

Il aimait et estimait beaucoup M. Antoine ;
et, dans des vers de société célébra cette action
mémorable, dépréciée depuis par des sots.

~~~~~~

LA FEMME EN TRAVAIL. (IM.)

Nemo libenter recolit, qui læsit locum.

(PHÈD.)

On évite les lieux où l'on fut attrapé.
Phèdre au moins nous le dit. Le monde est-il si
                                                sage ?
Non : si j'en crois mes yeux, le conteur s'est trompé.
Je vous dirai pourtant l'histoire où cet adage
        Nous est par lui développé.

Une femme poussait des soupirs lamentables :
    On la voyait se tordre, se courber,
Marcher, s'asseoir, prendre cœur, succomber,
        Souffrir des maux inconcevables.
Certain fruit de neuf mois était prêt à tomber.
        L'instant pressait, on s'évertue :
        On dresse vîte le grabat ;
Mais la Dame est duchesse !... une douleur l'abat ;
        Sur le parquet elle tombe étendue ;
Elle y veut demeurer ; on la sermone en vain :
L'accoucheur a beau dire, il y perd son latin.
L'époux parle à son tour. Souffrez, dit-il, ma reine,
        Qu'on vous transporte sur ce lit ;
Vous sortirez de crise avec bien moins de peine.

A ce tendre discours un chacun applaudit.
Il croit de sa moitié vaincre la résistance :
   Il fait un geste, on obéit.
Mais la Dame tient bon, et contr'eux se roidit.
  Ah! mon cher duc, dit-elle, point d'instance;
    Trouvez bon que je reste ici :
    J'ai retiré ma confiance
Au complice du mal que j'endure aujourd'hui.

Langage du moment, commun à toute femme!
    Croyez-vous que la jeune Dame
Haït, deux mois après, et le trône et le jeu
   De l'hymenée? En la pressant un peu,
On peut rendre aisément toute beauté gasconne!
    Ainsi fut-il de la friponne;
    J'en mettrais bien ma main au feu.

REMARQUES.

Cette sentence de *Phèdre :*

Nemo libenter recolit, qui læsit locum ,

passe pour être tirée d'une comédie grecque.
Quoi qu'il en soit, elle manque de justesse,
L'expérience le prouve.

La fable de *Phèdre* n'a que sept vers : c'est

sans doute un mérite; car la chute n'en est pas
meilleure que le début. La femme dit :

Minimè illo posse confido loco
Malum finiri, qui mihi suspectus es

ou, selon d'autres éditeurs,

Quò conceptum est initio.

Cette réponse-là ne peut être regardée que
comme un jeu de mots, comme une plaisanterie
qui ne valait pas la peine de figurer au milieu
de tant de choses sentencieuses aussi justes qu'élé-
gantes.

Plutarque a pourtant fait son profit de cette
minutie, qu'il a empruntée de *Phèdre*, ou qu'il
a recueillie en Grèce, lors de ses voyages. On la
retrouve dans son *Traité du Mariage*. *Amiot* l'a
rendue ainsi. « La femme grosse, prête d'ac-
» coucher, et là, sentant les douleurs de son
» travail, disait à ceux qui la voulaient mettre
» dessus son lit : *comment est-ce que le lit*
» *pourrait guérir ce mal, vu que c'est sur ce lit*
» *qu'il m'est advenu* » ?

Nous ne connaissons personne qui ait mis
cette fable en vers : les défauts que nous y
remarquons en auront peut-être dégoûté. On

n'en pouvait tirer parti, qu'en renversant la morale du début. Si l'on réfléchit à la nature du fait que *Phèdre* rapporte au soutien de sa sentence, on demeurera d'accord que, dans le même cas, avancer le contraire de ce qu'il a voulu prouver, c'est substituer une vérité à une erreur. Peut-être même serait-on fondé à dire que le proverbe est faux, généralement parlant. On reconnaît le cœur humain dans *Horace*, quand il dit :

> Luctantem Icariis fluctibus Africum
> Mercator metuens; otium et oppidi
> Laudat rura sui : Mox reficit rates
> Quassas, *etc.*

Ovide, dans la première de ses Tristes, dit à son livre, dans un sens métaphorique ;

> *Et mea cymba, semel vastata procellâ*
> *Illum, quo læsa est, horret adire locum.*

Ovide, dans le moment qu'il parlait ainsi, avait plus de crainte que d'espoir, il le dit lui-même.

> *Spes est animi nostra timore minor*
> . . . .
> *Venit in hoc illâ fulmen ab arce caput.*

Il était alors en exil.

Le navigateur sait qu'il peut échouer contre les écueils; mais il espère qu'il s'enrichira. Il perd un vaisseau; il en équipe un autre. L'espoir du gain détruit la peur. Horace encore le sentait quand il a dit :

Neque fervibus œstus
demoveat lucro, nec hyems, ignis, mare,
ferrum, nil obstet tibi.

La fortune t'attend : que rien ne t'arrête : brave les feux de l'été, les glaces de l'hiver, les flots irrités, les épées nues.

Dans l'esprit d'une femme, la peur est balancée par l'idée de la jouissance. L'attrait du plaisir fait qu'elle s'expose à de nouveaux risques. Le plaisir s'offre à elle sur le devant du tableau : la douleur fuit dans la perspective.

~~~~~~

LES DEUX RATS.

Ces Messieurs exigent un préliminaire.

Personne n'ignore que beaucoup de gens de lettres ont travaillé à transporter, dans notre langue, cette fable admirable. Je ne connais sûrement pas toutes les traductions ou imitations qui en ont été faites ; mais, depuis *Lafontaine* (qui ne l'a qu'*ébauchée*), on l'a vue dans l'almanach des Muses de l'année 1793. L'éditeur de ce recueil, persuadé avec raison, qu'il ferait plaisir au public en lui offrant *un rapprochement*, donna ce même récit composé de deux manières. Le public put juger lequel avait le mieux réussi de *Collin d'Harleville*, ou *d'Andrieux*. *Ferlus* a depuis traité ce même sujet : il l'a offert dans la Décade de l'an 5, n°. 15, et dans un Mercure de la même année. Un littérateur distingué, le citoyen *Lenoir-Laroche*, l'a donné, à son tour, dans le n°. 35 de la Décade, et a bien prouvé, par le mérite de la *version* qu'il a faite de *toute* la satyre d'Horace, combien l'on gagne en s'obstinant à vaincre des

difficultés que la paresse fait croire insurmon-
tables.

M. *Daru* qui (dans sa traduction, en vers,
des *épîtres* et des *satyres* *d'Horace*,) l'a fait
parler comme il eut fait s'il eut été Français;
offre encore à ses lecteurs cette *fable* si sédui-
sante.

Je ne puis que répéter ici ce que j'ai dit dans
un Mercure; c'est que, si ma production ne
datait pas de plus loin que celle de mes rivaux,
si je ne l'avais pas eue depuis trente ans dans
mon porte-feuille, je me serais bien donné de
garde d'entrer en lice. Mais, puisque c'était
une chose faite, le sort en est jeté; il faut que
le morceau vive ou meure.

Je serais de mauvaise foi si je ne convenais
pas que j'ai mis le plus grand soin à conserver
les beautés *d'Horace*, celles dont le littérateur
difficile *veut* *à-peu-près l'équivalent.*

L'art gagne infiniment à ces sortes de luttes :
il serait à souhaiter qu'elles devinssent plus fré-
quentes.

« Traduire, c'est *composer* *avec* *les idées d'un*
» *autre* ». *Lafontaine* et *Despréaux* l'on bien
prouvé. Cette sentence a été renouvelée en faveur
de l'abbé *Delille,* dans un moment où on lui

opposait *Raux.* Raux ! il faut avouer qu'il y a
des noms bien ingrats. Comment peut-on
s'appeler *Raux*, et se trouver le nourrisson des
Muses? Le procès est je crois jugé ; M. *Raux* est
un littérateur estimable que ses amis ont servi
trop chaudement. Mais revenons à nos Rats. Il y
a eu un moment où j'aurais bien désiré que la
Décade en parlât, (*) d'autant plus que mon âge
est un obstacle au désir que j'aurais de mériter,
dans les salons, le suffrage du grand nombre. Mes
pauvres Rats, cette paire d'amis, n'obtint pas la
faveur que je sollicitais. La Décade leur refusa la
porte ; mais voici la réponse que je reçus d'un
homme de lettres distingué, membre *vivant* de
l'institut, à qui je les avais recommandés.

« J'aurais fait avec grand plaisir, mon cher
» Aristénète, le parallèle que vous désiriez, s'il
» était entré dans mon plan d'extrait, de parler
» de cette fable *des Deux Rats ;* mais vous sentez
» qu'alors il eût fallu la *comparer* avec toutes
» celles qui ont paru. Cela m'eût entraîné

(*) La traduction des épîtres d'Horace, par
Daru venait de paraître ; les *Deux Rats* s'y
trouvaient.

14

» beaucoup plus loin qu'il ne le fallait dans
» un extrait de si peu d'étendue. Je vous re-
» mercie de m'avoir procuré le plaisir de lire
» l'apologue Horacien d'origine, et *devenu vôtre*,
» par la manière dont vous l'avez rendu. Vous
» connaissez, mon cher Aristenète, tous mes
» sentimens pour vous ».

Voilà qui est bel et bon ; mais mon vœu n'est
pas rempli. Si je dois être battu, j'aime mieux
l'être.

J'avouerai pourtant que j'attache beaucoup
de prix à cette expression : *devenu vôtre*.
LAFONTAINE n'en demandait pas davantage.

« Mon imitation n'est point un esclavage » ;
disait le bon homme. « Je n'emploie que *l'idée*,
» *le tour* et les *lois* que nos maîtres suivraient
» eux-mêmes ».

« Si d'ailleurs quelqu'endroit, plein chez eux
                          d'excellence,
» Peut entrer dans mes vers sans nulle violence,
» Je l'y transporte, et veux qu'il n'ait rien d'af-
                          fecté ;
» Tâchant de *rendre mien* cet air d'antiquité ».

                          (LAF.)

Un poète sans orgueil, homme connaissant

toutes les finesses du latin et du français; un
homme-de lettres sans pédanterie et sans présomption; un professeur pourtant, s'était promis
de faire, *en séance publique,* le parallèle de
toutes nos imitations et traductions de cette
fable; mais il devenait impossible de ne pas
donner la préférence à l'un de nous; et telle fut
sa délicatesse que la crainte de mortifier les
autres, le fit renoncer à son projet. Ce professeur estimable par ses talens et sa délicate réserve,
c'est M. *Maherault.*

Ainsi il reste à savoir lequel d'entre nous a
le plus approché du *tagentis male singula dente
superbo,* et de quelques autres passages admirables, tel que : *Levis exilit. Domus alta mo-
lossis resonat. Ingens valvarum strepitus,* etc.
Nos neveux feront ce que nos contemporains
n'ont pas voulu faire. Je suis surpris, je le
répète, que l'on néglige ce grand moyen d'en-
tretenir parmi nous la noble émulation de nous
rapprocher des grands modèles, avec le plus
de *fidélité* possible.

~~~~~~~~~~~~~~

Au séjour des grandeurs les champs sont préférables :
On l'a dit avant moi; car on a tant parlé !

La maxime est d'un Rat. Esope, dans ses fables,
En faisait le récit : les tems l'ont morcelé;
Mais Horace, en beaux vers, l'ayant renouvelé,
Ce chef-d'œuvre du goût m'anime, m'évertue :
La vérité renaît, et je la perpétue.

Deux Rats étaient unis d'une étroite amitié;
Ce sentiment, chez eux, régnait depuis l'enfance
L'un, pauvre campagnard n'existait qu'à moitié,
L'autre, chez un seigneur, nageait dans l'opulence.
　　Tous les jours même différence
　　Se remarque chez les humains :
Le mérite y fait peu, tout dépend des destins.
Ce n'est que demi-mal, toutefois quand on s'aime;
Car le plus riche donne à celui qui n'a rien;
　　Et l'on goûte un plaisir suprême
Alors que de la sorte on peut placer son bien.
Mais venons à nos Rats : l'habitant de la plaine,
　　Bien qu'à remplir son magasin
Il mit beaucoup de tems et prit bien de la peine,
N'était pas cependant libéral à demi :
Il aurait tout donné pour fêter un ami.
Aussi le prouva-t-il à son vieux camarade,
Un jour que celui-ci s'en vint jusqu'à son trou;
Car on lui conseillait l'air et la promenade;
Vu qu'étant plus agile on échappe au Matou,
Et qu'à garder la chambre on peut tomber malade.
Ah! sois le bien venu! lui dit le campagnard.

Quel embonpoint ! mon cher, en voyant la personne
On conclut aisément que la cuisine est bonne.
    Pour l'appétit c'est une chose à part,
Le riche en manque... Ah ! ah ! la route en donne.
Prends place et mange. Alors , bonnement et
                     sans art,
Il lui sert des raisins, puis des pois, de l'avoine,
    Des morceaux rongés de vieux lard ;
Enfin tout son avoir, acquets et patrimoine !
Son hôte là-dessus jette à peine un regard :
Au dégoût qu'il affecte on dirait un chanoine !
Il rejette à l'instant tout ce qu'il a touché.
Le maître est là pourtant, sur la paille couché,
    Faisant à part mauvaise chère.
    Il s'amuse à lécher les os,
L'on m'entend ! il se prive, et les meilleurs mor-
               ceaux

    Sont donnés tous à son confrère !
Mais enfin celui-ci ne trouvant rien de bon ;
Pardon, dit-il, le sort t'a fait un pauvre hère ;
Tu n'as rien : qu'attends-tu, sur la croupe d'un
               mont,
A la bise exposé, triste et dans la misère ?
    Crois-moi, renonce à ta tanière,
    Marche et me suis dans ma maison.
L'offre était d'un bon cœur ! cependant l'autre hésite.
    On n'a pas de petit chez soi :
    Chacun s'habitue à son gîte ;

Et l'on est plus heureux qu'un Roi,
Quand on n'a personne à sa suite.
Milord Rat stupéfait, reprend : mon vieux ami,
Je ne sais pas quel sentiment t'agite ;
Mais dans le monde enfin tu serais mieux qu'ici.
Il n'est pas si dévot hermite
Dont on ne se moque aujourd'hui.
La vie est courte ; il faut que chacun meure,
Et le Lion, et l'Eléphant,
Et l'homme aussi ! rien ne demeure,
Rien... Tout rentre dans le néant.
Or donc, vivons en joie, aujourd'hui, tout à
l'heure,
Et poursuivons jusqu'au bout sur ce plan :
Va, ma philosophie est certes la meilleure.

A juger de ce Rat par son raisonnement
De nos jours on dirait : il vit chez un savant.
Mais c'est du vieux : disons, qu'au lieu de nour-
riture,
Jeune encore, il avait, dans un mauvais moment,
Rongé les cahiers d'Epicure.
Je le croirais : quoi qu'il en soit,
Mon campagnard leurré goûte cette morale :
Il touche au bonheur, il le voit ;
Adieu les champs, adieu son toit :
Il saute de plaisir, il gambade et détale.

La nuit d'un crêpe noir enveloppait les cieux.

Nos gris vêtus trottent en diligence,
Doublement sûrs de tromper tous les yeux.
Aux portes de la ville on arrive en silence :
Un trou suffit, on passe, et les voilà tous deux
Aux lieux barricadés qu'habite l'opulence.
Vous ne les croyez pas embarrassés, je pense ?
Les filous entreront sans briser les volets.....
Un souterrain les mène à ce brillant palais.

    Là mon rustre, comme on peut croire,
  Reste ébahi, voyant la pourpre et l'or
    Resplendir sur des lits d'ivoire ;
Et de riches tapis, et des coussins encor !
Et, (ce qui valait mieux que toutes ces merveilles)
Vingt plats amoncelés, jetés dans des corbeilles,
Restes d'un souper fin, gaspillé pas les gens,
Trésors d'un jour, que sa peine et ses veilles
N'auraient pas dans son bouge amassés en mille
                          ans.

Sur un sopha brodé, le maître de céans
Place son compagnon, qui se carre, et se hausse,
Et savoure à la fois les mets les plus exquis ;
Car son ami va, vient, le sert comme un marquis ;
Mais non pas toutefois sans goûter à la sauce !

Le rustre glorieux s'applaudit de son sort.
Mais voici tout à coup qu'un bruit épouvantable
Troublant nos deux amis, leur fait quitter la table.

De son double battant chassée avec effort,
La porte leur a fait une peur effroyable.
Sous ces vastes lambris, l'un l'autre, demi-mort,
Rode et bondit de peur, attendant son supplice
Des limiers dont la voix fait trembler l'édifice.

RENCONTRÉS à la fin, cachés sous un lambris,
Nos braves, par degrés, reprennent leur esprits :
La parole revient. Lors mon Rat de campagne
Fait ses adieux à l'autre : Ami, garde ton bien,
Dit-il ; je m'en retourne au creux de ma montagne :
Je ne redoute là valet, ni chat, ni chien :
Pour moi la vie est tout, et l'opulence.... rien.

~~~~~~

LE SCULPTEUR CATHOLIQUE

ET LE CHÊNE RENVERSÉ.

Par le ravisseur d'Orythie,
    Un Chêne antique renversé ,
Disait, souffrant de cette ignominie;
    « Se peut-il qu'il m'ait terrassé,
    » Moi qui, vainqueur de sa furie,
» Jusques au fond du nord l'ai cent fois repoussé !
    » O Jupiter! sous tes auspices
    » Tu sais si jamais j'ai ployé !
» Tu sais si le passant, sous mes rameaux propices
» A bravé l'Orion qui, sans moi, l'eût noyé !
» Tu sais si de l'amour les joyeuses milices,
» Sous mon feuillage épais mollement balancé
» Ont trompé les regards de Phébus éclipsé !
» Dieu juste! Dieu puissant! pour prix de mes
                                        services
    » Daignes me remettre sur pié ».
Fol espoir! direz-vous, inutile prière!
L'ignorent! son erreur est-elle assez grossière;
Croire au pouvoir divin d'un être imaginaire!
— Bien dit! mais plaignons-le, ne le condamnons
                                        pas.

PASSE un Sculpteur chrétien; c'est vous offrir
                                    j'espère
      L'antipode de Phydias,
Ce faiseur de faux Dieux si féconds en merveilles,
De ces Dieux dont, jadis, les sourcils et le bras
Répandaient autour d'eux des frayeurs sans pa-
                                    reilles.
Ce Sculpteur très-dévot, après de longs hélas!
      Vous sermone mon chêne à bas.
Ton Jupiter, dit-il, n'est qu'un Dieu fantastique,
Qui, jadis redouté, ne l'est plus maintenant.
Ce Jupiter c'est l'air, où se perd ta supplique,
Et tu crois qu'il t'écoute! -- Oui certes, oui vrai-
                                    ment.
-- Se peut-il? mon bel arbre! ah! quel égarement!
Tu veux rester sans doute étendu sur le sable :
Quel secours attends-tu de tes Dieux de la fable?
Je ferai plus qu'eux tous. - Qui? toi! - certainement,
Je veux qu'au tour de toi chacun encor se grouppe
Et t'adresse des vœux pour sortir d'embarras.

On savez-vous comment finit cet altercas?
Le Sculpteur, au défi, prend le Chêne, le coupe,
Et d'un vaisseau chrétien en décore la poupe
      Sous les traits de Saint-Nicolas.

De ce fait un saint homme à qui je fis lecture,
Me dit: bravo! Monsieur; vous peignez l'esprit fort.
Abattu par la fièvre, et redoutant la mort,

Il gémit, on l'éclaire; il reconnaît son tort,
Et (façonné par nous) à qui tremble ou murmure,
Par son exemple il porte à recourir d'abord
    Au seul auteur de la nature.

NOTES.

Cet apologue est basé sur un fait.

Tout le monde a pu voir dans les papiers publics de 1775, qu'une trombe déracina, le 16 juillet de cette année là, une grande quantité d'arbres à Bois-Labbé, aux environs de la ville d'Eu, distante de *Dieppe* d'environ six lieues. (*)

Un Charpentier ou Sculpteur de cette ville, qui avait lu les déclamations des Jansénistes contre le vertueux FÉNÉLON, introduisant Cupidon chez la Nymphe *Bucharis*, et la vigoureuse sortie de PLUCHE contre les tapisseries et tableaux représentant *Vertumne* et *Pomone;* crut devoir renoncer à faire des Tritons et des Néréides. De l'un de ces arbres abattus, qu'il avait achetés, il fit un Saint, décoration protectrice d'un vaisseau marchand destiné à faire voile

---

(*) Rapport fait par M. *Charles,* juge au bailliage d'Eu.

aux grandes Indes. Déjà depuis long-tems ce Sculpteur ne travaillait que pour les marguilliers et les abbesses. J'ai vu cet homme à Dieppe, dans son atelier tapissé de Chérubins et de Vierges, dont le débit était plus certain que celui d'une *Diane* ou d'un *Mercure ailé :* je lui lus son histoire ; elle lui plut beaucoup. Cependant la moralité y manquait ; ce fut son curé qui m'en donna l'idée.

L'aimable fabuliste, M. *le Bailly*, a traité *en apparence* le même sujet dans un journal de l'empire du mercredi 7 octobre 1812. Je dis *en apparence* ; car le sujet de sa fable n'est également que l'histoire d'un *Chêne renversé* comme dans LA FONTAINE, qui a traité cette matière avant nous, et nous renvoye tous deux aux Kalendes, quoiqu'il doive ses deux derniers beaux vers à Virgile qui (parlant du Chêne) avait dit... *quæ quantum vertice ad auras æthereas, tantum radice ad tartara tendit.*

M. le Bailly, quoique sachant très-bien que des moralistes (du tems de Boileau défenseur des divinités d'*Homère* et d'*Hésiode*) ont traité de *payens* les poëtes qui, dans leurs vers, empruntaient les noms de ces divinités ; M. le

Bailly, dis-je, a osé, dans sa fable, se montrer
le partisan de *Boileau* et de *Fénélon*!.. Mon
apologue est plus édifiant.

Nous différons encore en un point mon con‑
frère et moi. On vient de voir comme je ter‑
mine mon sujet, que de mon arbre je fais le
patron des matelots; lui il en fait un *terme!*
Jupiter *invoqué* par le Chêne, lui dit :

« Je te fais *terme :* ainsi tu servira d'indice
  » Au voyageur dans sa route égaré.
  » Et cependant ne trouve pas étrange
» Si l'on t'insulte encor dans ce brillant emploi
» Plus d'une bête immonde, au sortir de la fange,
    » Pourra se frotter contre toi.
    » Q'importe! repartit le Chêne :
» Il faut à la vertu l'épreuve des revers
» Et le bien qu'elle fait la console sans peine »

Cette réflexion, quoique fort sage, n'est pas
de si bonne étoffe que celle de mon curé.

Je baisse pavillon devant mon camarade du
côté du talent, mais non quant à l'histoire, et
quant à la moralité qui en résulte; et c'est par
cette raison que je me permets de tirer de mes
vieux papiers cet apologue que je composai il
y a *trente-sept ans révolus.*

15

~~~~~~

L'AMOUR PIQUÉ PAR UNE ABEILLE.

(IM.)

PLUS d'un Pédant qui tient au texte
Comme la rouille tient au fer,
Ne va pas manquer de prétexte
Pour faire un bruit de Lucifer.

« A cette fable si connue
» Chef-d'œuvre de l'antiquité,
» Donner un tour de nouveauté,
» C'est, dira-t-il, une bévue ;
» C'est une chose saugrenue
» Dont le bon sens est révolté ».
Te tairas-tu, maudit Cerbère!
Je lui voudrais mettre un bâillon ;
Un bon conte en ferait l'affaire ;
Essayons.... Effort téméraire!
Je parle après Anacréon !

L'AMOUR, piqué par une Abeille,
Fit tout à coup un cri perçant ;
Il n'avait pas, le bel enfant,
Ressenti de douleur pareille.
Il vole à Vénus en pleurant.

Voyez mon doigt, dit-il, maman !
Vénus répond en l'embrassant :
Qui t'a donc fait ce mal ? Qui maman ? une mouche.
L'animal est joli ; mais il est bien méchant !
Je l'avais sur des fleurs pris fort adroitement :
    Je le croyais si peu farouche,
    Que je craignais d'ouvrir la main ;
    Pour s'échapper, il m'a soudain
    Lancé son dard et son venin.
    -- Ne pleure pas, ce mal n'est rien,
Dit Vénus ; tu connais le pouvoir de ma bouche !
Je guéris d'un baiser : viens, donne, approche ;
                eh bien ? (*)
-- Point de soulagement, répond l'enfant malin ;
Le mal s'obstine ; baise : ... encor, encor ma mère !
Et Vénus, de nouveau, s'attache à cette main,
Siége de la douleur que l'enfant exagère.
A ces baisers fréquens quel mal eût résisté ?
Le baume est sur la plaie, et le mal est ôté.
Mais au cœur de l'enfant un plus grand est
                    resté.

(*) Ici nous obéissons au précepte de Lafontaine
dans sa fable de l'*Enfant et du Maître d'école*.

  « Eh ! mon ami, tire-moi de danger ;
  » Tu feras après ta harangue ».

Il se souvient qu'un insecte
L'osa percer de son dard,
Lui !.... Dieu puissant ! qu'on respecte
Et qu'on craint de toute part !
Il en gémit, il s'affecte.
Quel peut être son projet ?
Le voilà qui se revêt
De sa redoutable armure !
Le petit écervelé
Prétend venger son injure,
Et l'insecte est envolé !
N'importe : il part, il murmure :
Son arc gémit sous ses doigts.
Gare à l'humaine nature !
L'enfant, pour une piqûre,
Fait voler à l'aventure
Tous les traits de son carquois!
Tems perdu, vaine colère !
L'enfant retourne à Cythère
Et son espoir est trahi :
Il a tout blessé sur terre
Excepté son ennemi !
Ecoute-moi, dit-il, ô Cypris, ô ma mère!
Puisqu'un si petit animal
A le pouvoir de faire un si grand mal
Il lui faut déclarer la guerre,
Il faut.... — Vous auriez trop à faire
Mon fils ; il n'est pas seul. — Eh bien, unissons-nous,

Suivez-moi, servez ma vengeance;
Allons les exterminer tous.

Vénus alors : « Pardonne une légère offense :
» Crois-moi, sois moins envenimé.
» L'abeille n'a qu'un dard, et c'est pour sa défense :
» Mon fils de mille traits marche sans cesse armé;
» C'est en agresseur qu'il les lance;
» Et d'un cœur par lui consumé
» Bien plus cruelle est la souffrance ».

REMARQUES.

Ce sujet est rebattu; je vais en donner des preuves; j'en ai besoin; car c'est par la raison même que vingt poëtes l'on traité *avant moi*, que je suis excusable de le traiter encore.

Je dois dire avant tout au lecteur qui ne voudrait que se distraire : laissez cet examen aux littérateurs qui aiment à comparer : passez outre.

Passez; le plaisir vole; épris de ses appas,
Volez et suivez-le, ne vous ennuyez pas.

Personne n'ayant eu jusqu'ici l'idée de représenter Vénus *guérissant* la piqûre de l'eufant, et la guérissant *avant de le sermoner;* je me suis laissé aller à la séduction de ce tableau qui m'a paru aussi naturel que voluptueux.

La morale pouvait d'ailleurs ressortir plus solidement, à l'aide d'une opposition plus marquée entre les Motifs *comparés* de l'Abeille et de l'enfant : voilà mon excuse.

Les Grecs nous ont laissé, dans leurs ouvrages, deux historiettes morales, qui ont un tel rapport l'une avec l'autre, qu'elles ont depuis été quelquefois confondues par ceux des imitateurs qui n'ont point eu recours au texte.

L'une dit que « l'Amour s'étant éloigné de » sa mère, fut assailli par des Abeilles ». Vénus ne parle point *d son fils* dans cet apologue. Le conteur *apostrophe les Abeilles.* « Que votre » dard, dit-il, nous fait payer cher les présents » que vous nous faites! quelle douleur s'en suit! » *il est donc vrai* qu'il n'y a point de plaisir » sans peines ».

Dans l'autre, « l'Amour, cueillant des roses, » est piqué par une Abeille qu'il n'apperçoit » pas; il vient s'en plaindre à sa mère, qui lui » répond : *Si la piqûre d'un insecte fait tant* » *souffrir, quel mal doivent faire les traits de* » *l'Amour* »!

Alciat a traité séparément ces deux sujets dans ses emblèmes. Les commentateurs indiquent les sources de ces histoires symboliques.

AUTEUR GREC DU PREMIER APOLOGUE. *Antipater.* etc.

Antipater, de Sidon. Voyez l'anthologie, liv. I. Bianore; *idem.* (*)

INTERPRÉTATIONS LATINES.

Repéntem per humum tenerum Hermonacta (**)
legentem
  Dulcia mella (nefas heu) pupugistis apes.
Reddidit enectum sio vester aculeus, ah ah !
  Serpentes nequeant ut nocuisse magis.
I, age, Iysilicæ patri, Amyntori dicito matri
  Improbœ apes, melli cum sit amarities.

Aliter.

Errantem in trivio mollem Hermonacta puellam
  Injusté nimiùm corripuistis apes.
Vipera quàm sit atrox pejores, venit ubi ad vos

(*) Philosophe *stoïcien.* Il écrivait en grec, environ 135 ans avant Jésus-Christ.

(**) Du mont *Hermon.* Il était près du Jourdain. Dans ce pays, tout fut toujours merveilleux.

Nescius , infelix esse putabat apes.
At pro melle graves stimulum pungendo cruentum
  Liquistis : sic sic gratia mellis abit.

Le but de cet apologue est de prouver que
la douleur est voisine du plaisir. On passe sous
silence les maximes d'*Euripide*, de *Méléagre*,
de *Plutarque*, de *Plaute*, de *Phèdre*, de *Catulle*,
etc. etc. qui y ont rapport.

IMITATION D'ALCIAT.

Matre procul lictâ, paulùm secesserat infans
  Iydius : hunc diræ sed rapuistis apes :
Venerat hic ad vos, placidas ratus esse volucres ;
  Cùm nec ita immitis vipera sæva foret.
Quæ datis , ah! dulci stimulos pro munere mellis,.
  Proh dolor! heu sine te gratia nulla datur.

IMITATION EN VIEUX FRANÇAIS.

Le fils Vénus fut piqué des abeilles :.
Sa mère, loing laissée, vint vers elles,.
En les pensant plaisants oiselets être.
Mais le serpent n'est si cruel, ne traître :
Car avec miel, hont l'aiguillon qui poingt.
Hélas douleur! sans toi plaisir n'est point.

AUTEURS GRECS DU SECOND APOLOGUE.

Anacréon, Théocrite,.

Dans Anacréon, c'est une ode ; dans Théocrite, c'est une idylle.

IMITATIONS LATINES.

Alveolis dum mella legit, percussit Amorem
Furacem mala Apes, et summis spicula liquit
In digitis. Tumido gemit et puer anxius ungue,
Et quatit errabundus humum, Venerique dolorem
Indicat, et graviter quæritur, quòd apicula parvum
Ipsa inferre animal tam noxia vulnera possit.
Cui ridens Venus : Hanc imitaris tu quoque, dixit,
Nate, feram, qui das tot noxia vulnera parvus.

Altera.

Inter rosas Cupido
Apiculam jacentem
Non vidit, estque punctus :
Manumque sauciatus
Mox ejulare cepit.
Et cursitans volansque
Ad candidam Cytheren,
Heu ! occidi occidi, inquit,
Vitamque, mater, efflo.
En me minuta serpens
Pennata vulneravit :
Apem vocant coloni.
Tum illa : Apis si acumen

Tantum facit dolorem,
Quantum putas dolorem
Quos tu feris Cupido ?

IMITATION GAULOISE.

La malle mouche Amour enfant blessa,
Robant son miel en ruche, et lui laissa
La pointe au doigt ! il crie, et avec pleur,
Monstre à Vénus sa mère, sa douleur,
Soy complaignant, si petit animal
Puissance avoir de faire si grand mal.
Vénus riant, dit : fils, tu sembles elle,
Qui, si petit, fais playe tant cruelle.

Des femmes ont mis en vers ce sujet fait pour
leur plaire. Je l'ai lu ; il m'a paru traité avec
toute la délicatesse qui les caractérise. Mademoiselle de *Louvencourt* s'est surtout signalée
dans sa cantate. Tout le début, *qui lui appartient*, est de la plus grande fraîcheur.

On formerait *un volume*, si on entreprenait
de donner la collection de *toutes* les imitations
de cette charmante pièce. On les trouvera en
partie dans Madame *Dacier*, dans *Remy-Belleau*,
dans *Longepierre*, dans *Gacon*, etc. etc. Je ne
puis cependant résister au désir de rendre hommage à M. *Poinsinet*. De toutes les imitations

que je connais en français, la sienne est la plus courte et la plus simple. La voici.

AMOUR seul en un bosquet,
Vit une rose vermeille,
Une Abeille y reposait ;
Il ne vit point cette Abeille :
Il y touche ; elle s'éveille ;
Pousse son dard, et soudain
Le punit de son larcin.
Cupidon se désespère,
Et court, en pleurs, à sa mère.
Lui raconter *ses malheurs* :
Je suis perdu ! je me meurs !
D'un petit serpent qui vole, (*)
La piqûre me *désole !*
Je succombe à mes douleurs.
Vénus ainsi le console :
Mon fils, si de tels *regrets*
Sont l'effet d'une piqûre,
Quels maux penses-tu qu'endure
Un cœur percé de tes traits ?

_____

(*) Cette heureuse peinture appartient à l'auteur latin.

En me minuta serpens
Pennata vulneravit.

Les mots *désole* et *regrets*, ne sont point ceux
que l'auteur devait employer? *Désole* est trop
faible, surtout *à la suite* de ces vers :

> « Cupidon se *désespère*,
> » Je suis perdu, *je me meurs* » !

Il est pourtant vrai que l'idée de désolation
ajoute à celle de douleur ; c'est une des obser-
vations de l'abbé *Girard* ; mais ce mot enfin
n'est pas l'équivalent du latin.

> *Heu! occidi occidi, inquit,*
> *Vitamque, mater, efflo :*

Vers dont la traduction exacte en prose serait
Ah! ma mère, je suis mort, je rends les
derniers soupirs.

Mademoiselle de *Louvencourt* a dit :

Je me meurs, je succombe à ma douleur mortelle.

Cette plainte, mise dans la bouche d'un enfant, n'est point outrée : ils exagèrent les maux
qu'ils souffrent. Il les faut peindre tels qu'ils
sont.

Les Rois se persuadent qu'ils ne doivent point
être offensés. C'est une idée qu'entretient dans

leur cœur le respect qu'on leur porte, et la
rigueur des lois qui les protègent. Ce sentiment
doit, à plus forte raison, se supposer dans le
cœur *d'un Dieu.*

Un fou assaille les passants à coups de pierres ;
il attrape Esope; il en reçoit un sou : il attrape
un riche; il est pendu. La dignité ne perd point
le sentiment de la considération qu'on lui doit.
L'opulence même s'en occupe. Si les poëtes qui
ont les premiers écrit la fable dont nous
parlons, ne s'étaient pas contentés de traiter
l'Amour comme un enfant, j'ajouterais qu'il y
a lieu de le peindre, au moment où il se plaint,
comme d'autant plus irrité, qu'au mal physique
se pouvait joindre le sentiment de l'injure faite
au rang; ainsi, je ferais sentir encore plus la
nécessité de renforcer les expressions dans cet
endroit.

On peut laisser à l'Amour son caractère en-
fantin ; c'est ce qui lui donne de la grace. Mais
un enfant est irascible ; et celui dont nous
parlons joue dans l'Olympe le premier rôle,
raison de plus. Cependant, comme on ne doit
exiger de l'imitateur que l'équivalent de son
texte, je m'en tiens à dire *qu'il n'a point été
rendu.*   16

Par la même raison, je suis encore moins content du mot *regret*. Il est faible, il est vague, et ne répond point du tout à la justesse et à la force du latin.

Tùm illa : Apis si acamen
Tantum facit dolorem.

M. *Poinsinet* s'est permis, dans cet endroit, une négligence impardonnable. Il y est effacé par Mademoiselle de *Lourencourt*. Elle dit :

« Charmant vainqueur, tu nous exposes
» A des maux cent fois plus cuisans!
» Par les *peines* que tu ressens,
» Juge des maux que tu nous causes ».
J'aurais mieux aimé
Par les *douleurs* que tu ressens.

Je ne conçois pas comment, avec autant de goût qu'en a montré Mademoiselle de *Lourencourt* dans cette pièce, elle n'a point arrêté sa plume à cet endroit. Elle continue de faire parler Vénus : ce qu'elle ajoute n'est que le commentaire de ce qui précède.

« Tes traits, puissant Dieu des amours,
» Font ressentir des *peines* plus cruelles;
» Ils portent, dans les cœurs, mille atteintes
mortelles
» Que tu ne guéris pas toujours »,

Qu'on rapproche ces vers des quatre que je viens de citer ; on verra combien cette chûte est faible et déplacée.

D'après ces réflexions, je ne vois pas que rien ait du m'empêcher de m'exposer à être critiqué à mon tour.

~~~~~~

L'AME QUI CHERCHE UN GITE.

ESSAI DANS LE GENRE ORIENTAL.

On m'a conté que, dans l'espace,
Une Ame errait par-ci par-là,
Cherchant un gîte... Un ange passe,
Lequel lui dit ; ah ! vous voilà !

Hélas ! oui ; j'erre à l'aventure,
Et je m'épuise en vains efforts :
J'aspire à l'humaine nature
Sans pouvoir m'affubler d'un corps.

On peut vous contenter, dit l'ange,
Je vais vous tirer d'embarras ;
Suivez-moi... Bon ! voici le Gange ;
Fourrez-vous dans un ananas.

Chacun sait ce que c'est qu'une Ame,
Et qu'aisément l'on vient à bout,
Quand on est souffle, esprit, ou flamme,
De se glisser, d'entrer partout.

L'Ame obéit, son feu docile
Pénètre dans le végétal;
Mais comment de ce domicile
Passer au corps d'un animal?

Alors, près d'une onde argentée,
Dans un verger délicieux,
Genezerade tourmentée,
De Zadi combattait les vœux.

Ils ont une soif dévorante;
L'onde pourrait les rafraîchir;
Mais le bel ananas les tente,
Et Zadi vole le cueillir.

A l'instant l'Ame est dégagée
Du fruit dont Zadi rompt la peau :
La voilà comme partagée;
Chacun en avale un morceau.

Que béni soit tout corps céleste!
Fut-il coupé du haut en bas
Il se réjoint : et crac, et zeste,
Regardez,... il n'y paraît pas.

Ici la chose est moins facile;
L'Ame est mangée!.. heureux amans!
Vite de son nouvel asyle
Rompez, brisez les tégumens,

FUYEZ pudeur, l'Ame pressée
Du besoin de se rajuster
Ne laisse pas à la pensée
Le pouvoir de lui résister.

ZADI triomphe. Amour! Nature!
Dieux! on voit, dans cette union,
Que l'Ame (grace à la soudure)
Passe en entier dans l'embrion.

LE NUAGE ET LE SOLEIL. (*)

ÉPILOGUE.

Un Nuage, formé des vases d'un marais,
S'élevait pésamment au séjour du tonnerre ;
Au peuple Croassant, auquel il a su plaire
Il assûre, en partant, qu'il s'en va pour jamais
Empêcher le Soleil d'illuminer la terre.
Grenouilles d'applaudir ! espoir bientôt déçu.
Le Nuage se perd dans sa folle carrière,
Et Phébus qui, du Ciel, ne l'a point apperçu,
Continue à verser des torrens de lumière.

La nue est un zoïle obscurant, orgueilleux.
L'habitant des bas fonds désigne le vulgaire.
    L'astre radieux,
    C'est Voltaire.

(*) Cette idée me vient d'un modeste auteur qui, voulant garder l'anonyme, m'a laissé maître d'en tirer parti. Quant à l'idée qui termine, il y aurait de l'imprudence à moi de m'en attribuer rien de plus que la rime : chacun dirait ; *c'est le sentiment de tout le monde.*

Fin du troisième Livre.

APOLOGUES.

LIVRE QUATRIÈME.

OUVERTURE.

» Maint auteur, aujourd'hui, quêteur de son
métier,
» Abonde en rogatons qu'il apporte au Moutier ».

(ARISTÉNÈTE.)

———◈———

JE me suis déclaré frère quêteur et,
déjà je n'ai que trop bien prouvé que
je le suis; mais on a pu voir que je ne
le suis pas tout seul. Plus il y a de cou-
pables plus on incline à l'indulgence. Je
ne ferai donc pas trop mal de me mettre
en si nombreuse compagnie que l'on soit

embarrassé pour savoir ou frapper. Parmi nos frères quêteurs fabulistes, il y en a d'anciens et il y en a de nouveaux. Mais chût : nos contemporains sont là qui me guettent ! contentons-nous de dire que c'est une chose véritablement remarquable que le silence de plus d'un auteur sur quelques-unes des idées d'autrui, qu'ils embellissent à l'aide d'une langue devenue plus pure, plus facile et plus harmonieuse qu'au tems de François Ier.

N'est-ce donc pas assez de ce mérite qui consiste à faire renaître le PHÉNIX de sa cendre, comme l'ont fait quelques-uns de nos fabulistes secondaires, et d'ajouter de nouvelles plumes à celles dont un génie créateur a décoré cet être fabuleux?

Pourquoi tout emprunteur ne se fait-il pas un jeu d'avouer la dette, comme Boileau et Lafontaine ? Pourquoi laisser ignorer, comme le fit *Sedaine*, que

Labruyere lui avait fourni les expressions
les plus heureuses, les pensées les plus
frappantes de l'É P I T R E A S O N H A B I T ;
et pourquoi dire à cet habit supposé, qu'il
le remercie , quand c'est à *Labruyere*,
qu'il devait dire : ·

Labruyere! « Ah! que je vous remercie,
» C'est vous qui me valez cela ».

Que gagne-t-on à se taire? pas grand.
chose; il y a trop de furets. Je crois au
contraire qu'il peut y avoir à gagner pour
celui qui ne cache rien, s'il s'est donné
la peine de broder ses cannevas *de manière à faire aimer sa broderie.* Lafontaine
ne s'est-il pas mis au-dessus des verbiages
de ceux qui auraient pu dire, à l'inspec-
tion du titre de S A M A T R O N E ; « *je sais
le fait* »?

Les gros emp unts sans restitution ,
sont à l'ordre du jour dans la république
des lettres. Thémis en est instruite, mais,

Thémis est indulgente, parce que des *paroles* ne sont pas des *écus*. Le public à qui la justice est dévolue en pareil cas, se montre assez sévère : il ne donne gain de cause aux auteurs emprunteurs qu'autant qu'ils ont rempli l'OBLIGATION de *tuer leur modèle.*

On n'est en droit d'intenter un procès qu'aux *seuls* auteurs qui n'ont point *embelli* ce qu'ils ont emprunté. Sans cela, Voltaire qui, (sans rien dire) a pris dans les fabliaux la scène du plat volé, celle du feu mis à la maison, celle de l'enfant jetté dans la rivière etc. , pour enrichir ZADIG; et qui, (sans rien dire encore) s'est emparé du *sens*, et de la *majeure partie* des mots de ce beau quatrain ;

De tes Dieux et du mien connais la différence.

sans cette condition , dis-je, d'*embellir* les emprunts , Voltaire lui - même

pourrait être souvent accusé de nous
donner comme de lui ce qui ne lui
appartient pas : il faudrait renoncer à
regarder comme appartenantes à Lafontaine tant de beautés *devenues siennes*
par la manière dont il les a fait ressortir. Ces vers si beaux ;

« Il lit au front de ceux qu'un vain luxe envi-
ronne
» Que la fortune vend... ce qu'on croit qu'elle
donne ».

ces vers ne sont point à vous , lui
dirait-on.

Ce n'est point à vous ce qu'il y a de
plus admirable dans la fable du LION
ET DU MOUCHERON. Nous voyons dans
Esope , cette expression admirable :

« Le Moucheron *sonna la charge* » ;
et plus bas encore :

« *Comme il sonna la charge il sonne la victoire* »

Lisez, cependant , lisez cette fable d'un bout à l'autre dans l'*original*; vous verrez si Lafontaine n'en a pas rejetté *tout ce que reprouvait le goût*. Vous demeurerez convaincus que son imitation eût excité le rire au lieu de mériter des éloges si, (comme Esope) il avait fait dire au Lion : « tu te crois plus fort que » moi parce que tu déchires avec tes » ongles; et que tu mors avec tes dents! » *mais une Femme en fait autant quand* » *elle se bat avec son mari* ».

C'est beaucoup sans doute , qu'un diamant tiré de sa mine; mais son éclat, ne le doit-il pas au lapidaire ? Ne critiquons, n'attaquons que ceux qui n'ont point l'art d'*embellir ce qu'ils touchent;* et sachons gré au Juvénal de nos jours, M. RAOUL, d'avoir fait l'apologie DES DEUX GENDRES.

Ce louable attentat contre le type générateur, je me le suis permis plus d'une

fois et, s'il m'est permis d'en croire des
gens de lettres, j'y ai quelquefois réussi,
Mais, comme je n'en ai pas moins été
attaqué; je réponds quelque part à l'un
de ces hommes dédaigneux, qui n'ont
que de la mémoire, et qui remarque en
parlant de l'une de mes imitations, que
cela n'est pas neuf.

> Oh, oh! tu savais cette histoire!
> Eh bien, l'ami, conte-là mieux.

C'est ce que disait, avant moi, le
chanoine de Tours, François Beroalde,
Sieur *de Verville*, lequel ne faisait que
répéter ce qu'il avait lu ou entendu dire. (*)

(*) *L'apologie pour Hérodote* lui a fourni une
quantité de matériaux si considérable qu'un de
ses éditeurs le compare au Geai de la fable; et
l'on peut bien en demeurer d'accord, car les
Paons l'ont diablement plumé depuis.

Cet éditeur cite en preuve de son accusation
de plagiat faits par Verville, l'apologie de

De son aveu, son livre ne contient
que des répétitions de dits et de faits,

---

la question plaisante, *pourquoi les moines
ont été nommés* BÉATS PÈRES; l'origine du
proverbe GRAS COMME UN MOINE, gras
COMME UN COCHON, expression pittoresque
qui a fourni à Lafontaine celle de *Dom Pourceau;* plus, l'histoire du prêtre qui s'endort à
la messe, et crie le *Roi boit,* au moment du
Memento; item le POT AUX ROSES, *la chûte
du Crucifix* dans la léchefrite; la *dissertation*
sur les bénéfices, etc., etc.

Cependant *Boisrobert* savait *Verville* par cœur.
Furetière n'a pas dédaigné de le citer, et *Bayle*
parle de lui dans son dictionnaire.

Rien de neuf, disent les impuissans. Pardon-
nez - moi; embellir c'est créer. Lafontaine est
créateur. Racine a créé dans un autre genre; il
a laissé derrière lui Sophocle et Euripide. L'*art
poétique de Boileau* passe pour valoir mieux que
l'*épître aux Pisons :* il ne serait pas difficile d'apporter d'autres exemples en preuve de cette
assertion, qu'*embellir c'est créer.*

que lui-même porte en riant « *au-delà de la création du Monde* », mais qu'il rend d'une manière tout à fait originale.

Que nous sommes donc peu fertiles en fait d'inventions! (*) Les *fabulistes* et les *conteurs* se copient et se répètent depuis une éternité.

(*) Un moderne fabuliste, du nombre de ceux qui glanent sur les traces de Lafontaine, sans avoir la prétention de l'égaler, nous a donné une fable de son *invention* que l'on retrouvera ici avec plaisir quoique les journaux *Français* et *Allemands* l'ayent reproduite les uns après les autres, comme un morceau remarquable. Cette fable est de M. de *Lavieville.*

LES ECHELONS.

« Partout où l'on est plus de deux
» On vit rarement sans querelle.
» Les Echelons d'une superbe échelle
» Un jour prirent dispute entr'eux
» Sur le rang et la naissance;
» Le plus élevé prétendait

Les Arabes ne sont point les inventeurs de leurs contes : ils les ont em-

---

» Sur tous avoir la préférence.
» Pour le prouver il pérorait.
» Entre nous, disait-il, il est trop de distance.
» D'ailleurs chacun de nous, en sa place arrêté,
    » Ne détruit-il pas le système
    » De cette belle égalité
    » *Que condamne* la raison même ?
» —Mais, dit l'un d'eux, nous sommes tous de bois,
   » Et le hasard nous a placés je pense.
    » — D'accord ; mais placés une fois
    » On admit la prééminence.
» Le tems a consacré ce que fit le hasard.
    » Pour renverser l'ordre ordinaire
    » Vous êtes venus un peu tard
   » Vils Echelons! apprenez à vous taire.

» O u t r é de ce discours qu'il ne soupçonnait pas,
» Un philosophe alors, s'emparant de l'échelle
     » Et la plaçant de haut en bas
   » Changea les rangs et finit la querelle ».

La différence est grande entre des animaux,
des arbres, des plantes, et des *bâtons* à qui
l'on ne peut véritablement prêter ni sentiment

pruntés des habitans de l'Inde et des
bords du Gange , distraits de leur apathie

---

ni réflexion , ni organes. Remarquez cependant
que cette fable n'offre rien que la raison et le
bon goût reprouvent, et qu'on en peut inférer
que le domaine de l'apologue pourrait s'étendre,
et s'approprier *certains* objets *inanimés.*

M. *Ginguené*, l'un des hommes de lettres les
plus distingués en France et en Italie, s'est fait
un genre dont nous pourrions nous rapprocher
par intérêt pour nous mêmes, si nous étions
moins routiniers, gens d'habitude, vrais moutons, marchant l'un après l'autre et passant
tous à la file par le même sentier.

De ce que Lamotte n'a pas réussi à nous
dépayser, il ne faut pas conclure que d'autres
n'y réussiraient pas. Les journaux ont applaudi
à la nouvelle route que s'est tracée M. *Ginguené.*
Il est des sentiers que le vulgaire n'apperçoit
pas et que peut découvrir un œil observateur.
M. *Arnaut*, de l'Institut, a mérité également
les suffrages de son corps et de tous les jour-
nalistes : il n'a pris *la manière de personne.*

par les fictions des *Brames*, long-tems
avant que des hommes se fussent déter-
minés à aller camper dans les déserts de
l'Arabie.

Les contes profanes doivent leur origine
au savant *Benarès*, par delà l'Euphrate,
le Tigre et l'Indus.

Les histoires sacrées, de plus fraiche
date, sont de Siméon *Métaphraste*, qui
les écrivait en grec, et qui, comme on
l'a observé, « n'ayant pas de mémoires
» plus sûrs pour écrire la vie des Saints,
» que Plutarque pour écrire celle de
» Thésée et de Romulus, emprunta des.

Corneille et Racine se sont tracé chacun un
chemin desquels il semblait impossible de
s'écarter. Voltaire paraît; la philosophie le
guide. Entre les deux chemins battus par ces
grands hommes il se fraye un sentier qui s'agran-
dit, et devient une route nouvelle que nous
n'avions pas soupçonnée. *Audaces fortuna juvat;*

» histoires de l'antiquité beaucoup de
» choses qu'il attribua aux saints person-
» nages qu'il voulait peindre; en sorte
» qu'il composa un livre trop fabuleux
» et trop ridicule, pour convaincre et
» édifier le lecteur. (*)

A combien de sources n'a-t-on pas été
puiser depuis deux cents ans ! la langue
s'est perfectionnée : on a cru pouvoir dire
les mêmes choses avec plus de netteté,
plus de graces, plus de ménagement et
plus de goût. La *Monnaye*, Jean-Baptiste
Rousseau, *Vergier*, et quelques autres
y ont réussi ; c'est la condition *sine quâ
non*.

Pourquoi de nos jours ne lit-on plus
guère *Verville*, et a-t-on du dégoût pour

_____

(*) Pour s'en convaincre il ne faut que lire
le cardinal Bessarion, la tentation facétieuse *de
St.-Antoine*; l'histoire d'un moine s'amusant à
brûler les pattes du Diable personnifié, etc. etc.

Grécourt ? c'est que l'un et l'autre, (sans respect pour autrui ni pour eux-mêmes) au lieu de gaser ce qu'il y a de trop clair dans les fabliaux et de trop naïvement exprimé ; renchérissent sur les peintures et le langage de ces premiers narrateurs de nos contrées, et n'employent que de grossières expressions qui blessent la pudeur.

Verville au surplus est trop entortillé ; mais c'est un écrivain qui a beaucoup lu, un ressasseur de bons mots et de contes qui saillent partout où il les place ; parce qu'il a l'art de les bien encadrer et de leur donner un air de nouveauté.

Il arrive quelquefois que, parmi ses interlocuteurs, il s'en trouve qui ne sont pas émerveillés de ses historiettes. Je savais bien cela, lui dit-on ; je l'ai vu autre part. « *Pauvres défoncés d'entendement,* » répond-il, *chelifs avortons ! quand on* » *mange un chapon aujourd'hui, est-ce*

» *le même que celui qui fut mangé il*
» *y a cent ans* » ?

« La plupart des gens de lettres, dit-
» il ailleurs, sont *de vrais racleurs de*
» *savattes ;* ils ratissent de vieilles anti-
» cailles pour en avoir le verder ».

Il est sûr que les admirateurs de beaucoup de saillies de *Beaumarchais*, les
ont cru toutes neuves, ne sachant pas ce
qu'il en devait aux anciens diseurs de bons
mots. Un de ceux que l'on a retenus,
que l'on a cru de lui, et qui a beaucoup
fait rire à la scène, est celui de BAZILE :
« *ce qui est bon à prendre, est bon....*
» *à garder* ». Ouvrez le MOYEN DE
PARVENIR : voyez page 100 du premier
volume, vous y trouverez cette plaisanterie mot pour mot.

Apulée et *Lucien* étaient contemporains : tous deux ont écrit l'histoire fa-
buleuse de l'ANE-D'OR : mais *un Grec*,
LUCIUS PATRAS leur avait fourni le

texte dans son livre des métamorphoses;
et l'Africain *Apulée* avait voyagé *en*
Grèce.

Arioste lui-même, *Arioste* si vanté,
n'est point l'inventeur de toutes ses fa-
céties : il en fit l'aveu au cardinal *d'Est,*
un jour que cette éminence lui fit cette
plaisante question : *Dove diavole, Messer*
Ludovico, avete pigliate *tante coglio-*
nerie? A qui les devait-il? à l'archevêque
Turpin, que l'on a cherché depuis à dis-
culper, en attribuant la vie romanesque
de *Charlemagne* et de *Rolland* à un
moine du seizième siècle, aussi nommé
Turpin, ce qui ne fait rien à l'affaire,
puisqu'il ne s'agit que de prouver que
l'*Arioste,* comme un autre, se para des
dépouilles d'autrui, *en les embellissant.*

Le conte de Piron, ce conte si charmant intitulé; LE NEZ ET LES PINCETTES,
est l'histoire de St.-*Dunstan,* qui prit
le Diable par le nez; mais la fin comique

de ce conte est de l'*imagination* du poëte; et l'on ne fit jamais si plaisamment quitte à quitte.

Mille exemples de la nature de ceux-ci autorisent les poëtes à traiter, *chacun à sa manière*, des sujets *connus*, surtout des *historiettes*; car un poëte, (purement *agréable*) qui s'en irait chercher des personnages tels qu'un ADAMASTOR, pour en faire un *nouveau* portrait, s'exposerait à faire dire de lui qu'il eût agi plus sagement de s'en tenir à des poupées, à qui conviennent l'enluminure et les poupons.

Il a fallu du génie au Camoëus, pour agrandir le pouvoir et la taille de ce géant, dont parle *Claudien* dans sa gigantomachie. Un conteur *agréable*, avec toutes les fleurs et les colifichets de sa muse folâtre, n'offrant à nos yeux qu'un pygmée, ferait perdre l'idée de ce

personnage épouvantable. *Sumite mate-*
riam vestris qui scribitis æquam viribus.
C'est ce que je fais. Je m'en tiens à des
contes pour rire, et à ces ESSAIS sur
l'apologue, ne pouvant rien de plus.

~~~~~~

L'ANANAS ET LE CANTALOU.

A table un jour, chez M. de Thémine
Le simple Cantalou, le superbe Ananas
L'un et l'autre doués de différens appâts,
D'un goût tout différent, de différente mine,
  Firent naître quelques débats.
 Nota bene qu'ils ne disputaient pas :
  Toute noise et tout altercas
Entre gens de mérite est chose détestable.

SAVOIR lequel des deux sur l'autre avait le pas
Et du quel on dirait qu'il était préférable,
C'étaient les conviés à ce brillant repas
Qui s'en entretenaient, parlant haut, parlant bas
 Et, là-dessus, jasaient à l'amiable.

  PARTISANS du fruit couronné
Les uns disaient : Messieurs, l'Ananas à la palme ;
  Remarquez-vous comme il est né ?
Front radieux ! — Eh bien, répondaient d'un ton
       calme,
 Les défenseurs du Cantalou ;
Nous devons les juger sous le rapport du goût.
— D'accord. De l'Ananas le suc est ambroisie,
  C'est le nectar des Dieux :
  L'Arabe y puise son génie ;
  Vous le savez, c'est en Asie

Que le Bonze inventa ces contes merveilleux
Qu'en France, tous les jours, l'un ou l'autre es-
tropie.

— Fort bien ! mais laissons là l'ambroisie et le miel,
Et tous ces Dieux forgés, habitans de l'Olympe
Enveloppés d'un corps mortel.
Soumises par devoir à l'être incorporel,
Du divin Cantalou nos Vestales en guimpe
Diraient qu'il vient d'en haut.... si l'on mangeait
au ciel.

L'Ananas, il est vrai, sous la main qui l'apprête
Donne un suc enivrant, peut-être inspirateur ;
On le dit ; cependant la plus sûre conquête
Nous semble aller de droit à l'aimable douceur.
Si l'Ananas porte à la tête
Le Cantalou va droit au cœur.

Lors Thémine me dit eh bien ! Aristenète,
Que fait votre Minerve, et qui la rend muette ?
Voyons : auquel des deux donneriez-vous le prix ?
— Ma foi je n'en sait rien : de ces excellens fruits
La saveur différente, une pulpe divine,
Des deux côtés un baume exquis
Prouvent leur céleste origine.
Je cesserai d'être indécis,
Quand vous m'aurez dit, cher Thémine,
Lequel vaut mieux à votre avis
Du grand Corneille ou de Racine.

vvv

L'AIGLE ET LA CORNEILLE.

(III.)

Vis et nequitia quid quid oppugnant ruit.

(PHÆD.)

M. Le Breton (dans ses élémens de littérature) ayant observé que Lafontaine n'avait pas imité l'excellente fable de Phèdre, *Aquila et Cornix;* j'ai cru pouvoir me permettre de ramasser cet épi laissé à nous autres pauvres glaneurs. Je m'en suis emparé ainsi que du *Scurra et Rusticus,* d'autant plus avidement que, de ce dernier apologue surtout, sort une bonne moralité ; et que l'histoire en est amusante. C'est une bonne fortune pour nous que ces deux sujets auxquels notre maître a renoncé. Je suis surpris qu'il ne s'en soit pas occupé, quand je vois que son attention a quelquefois porté sur des fables qui en valaient bien moins la peine ; telles que le *Pot de terre et le Pot de fer.* De pareils choix ne peuvent être attribués qu'au caprice de sa muse. Ce que je vois sans étonnement c'est qu'il

ait rejetté le *Princeps tibicen* qui ne roule que
sur un jeu de mots, et n'est supportable qu'en
latin.

J'ai donc essayé de transporter dans notre
langue cette fable dont l'imitation est désirée.

L'AIGLE ET LA CORNEILLE.

Peuple chéris la loi; de tous elle est le frein;
Elle est ta sauve-garde; elle est au genre humain
Ce qu'est au limaçon la maison qui le couvre :
L'insecte satisfait est là comme en un Louvre.
La loi, plus forte encore, est comme un mur d'ai-
         rain.
Je prouverai pourtant qu'on ne peut se défendre
Contre la force unie à la malignité;
Témoin ce que Plutarque et Montaigne ont cité
  Des fait et gestes de Lysandre,
  Ce tyran de l'antiquité :
Témoin ce qu'en principe il avait adopté,
  Et ce qu'en mes vers je commente.

Le succès rarement trompe *une longue attente;*
La ruse peut beaucoup avec son traquenar :
Quand la peau du Lion se trouve insuffisante,
On y joint un loppin de celle du Renard.
Mais Phèdre me fournit une fable élégante,
  Dont la facile version,

Peut, d'une manière parlante,
Appuyer mon assertion.

Un Aigle, dans les airs, tenait une Tortue,
Jeune encor, douillette et dodue.
Il avait trouvé là de quoi se régaler.
La dame, qui craint fort de se voir avaler,
Sous son toit se retire, et se fait si menue,
Qu'en son centre blottie, elle échappe à la vue.
L'oiseau de Jupiter, trompé dans son espoir,
S'escrime envain du bec; il y perd son savoir.
Arrive une Corneille; on connaît cette race!......
Vous avez là, dit-elle, un morceau de bon goût ;
Mais comment le saisir? — C'est ce qui m'embar-
                                    rasse,
Répond l'Aigle ; parlez, enseignez-moi de grace
Le moyen d'en venir à bout.
Volontiers, repart la commère;
Mais nous partagerons. — D'accord. — Sur ce rocher ,
Sans plus tarder, ouvrez la serre :
L'animal a beau se cacher ;
Vous allez voir se briser comme un verre,
L'écaille qui lui sert d'étui :
Il est nôtre, vous dis-je; ouvrez... c'est fait de lui.
A l'instant, la pauvre Tortue,
Qui, de l'oiseau Royal déjouait les desseins,
Perdant le bouclier dont elle était pourvue,
Passa par le gosier de nos deux assasins.

LE CHARDONNERET ET LE SAGOUIN.

Vous avez vu l'aimant qui (sans bouger de place)
Attire à soi le fer : vous avez vu l'argent
   Se déborder comme un torrent
Chez tel ou tel Crassus, animal dévorant
    Qui d'aucun soin ne s'embarrasse !
    Delà je conclus que l'aimant
    Est l'emblême du fainéant.
Maint pauvre travailleur, qui n'a rien que du
                    cuivre
Juste pour son besoin, importune Plutus :
« Du fainéant, dit-il, que le Ciel nous délivre !.. »
Travaillez, mes amis : vos vœux sont superflus :
    Travaillez, si vous voulez vivre ;
On vous regrettera... quand vous ne serez plus.
Je m'offre à le prouver. Ceci n'est point un conte
    C'est un fait que je garantis.
Je l'ai vu de mes yeux se passer chez un comte,
    Un ministre du tems jadis.

    ALORS pour réjouir les laquais et les maîtres
Dans l'antichambre on voyait aux fenêtres
    Des Singes et des Perroquets ;
    Et tous les coureurs d'audiences
    Venaient s'y nourrir de caquets
    De grimaces et d'espérances.

CHEZ ce ministre vieux manchot,
(Les ministres ne le sont guère
J'en conviens, mais ici j'en parle en sens vulgaire,
Au physique; et cela sans nier le contraire
     De ce qu'on entend d'ordinaire
     En détournant le sens du mot;)
Or donc, chez Monseigneur, pour amuser le
                   monde,
Un Singe figurait; pas plus gros que le poing,
Allant, venant, sautant; partout faisant sa ronde...
Etait-ce un Sapajou? non c'était un Sagouin,
Mais joli, mais charmant; tous juste ayant la
                   mine.
     De celui de Lacondamine; (*)
Un Singe petit maître, au front enluminé
D'Azur et de Carmin, indocile, obstiné,
Impudent; toutefois bourré de friandise;
Recevant, avalant du biscuit, des bombons,
Digne encouragement des ridicules bonds,
Gestes, tours de souplesse, et de mainte sottise
Dont, sous cape, riaient femmes, filles, garçons,
     Et qu'il faisait par gourmandise.

(*) Le petit Sagouin de M. de Lacondamine
a été vu de tout Paris : on l'avait apporté d'Amérique. Le ministre dont je parle avait réussi à
en avoir un pareil.

Ici-bas au même buffet
Tous ne sont pas assis : chacun a son partage.
Loin de ce saltimbanque était, dans une cage,
    Un malheureux Chardonneret,
Beau ! comme on sait ; du plus charmant plu-
                        mage,
    Et ne manquant pas de caquet,
Disons mieux ; séduisant par son joli ramage.
Mais, bien que du logis il fut le commensal,
Du Singe volontaire il semblait le vassal.
Sur un col féminin, sur le bras ou l'épaule
Porté comme en triomphe, et toujours caressé,
Sans pitié pour autrui, vous eussiez vu le drôle
    Insulter l'oiseau dans sa geole,
    Passer sa patte à travers les barreaux,
Se moquer de le voir tous les jours à la chaîne
    Péniblement faire monter deux sceaux
Où les gens avaient mis sa boisson et sa graine.
Ainsi l'un desœuvré, sémillant, toujours frais,
Avait tout à foison, sans former de souhaits ;
Et l'autre n'existait qu'avec beaucoup de peine.

    Or à présent vous désirez savoir
    Quel fut leur sort : hélas ! ce qu'est le nôtre.
    On m'a dit qu'au sombre manoir
    Ils descendirent l'un et l'autre.
Notre gentil forçat, trop peu considéré,
Laissait de son adresse un souvenir durable :

On n'était pas très-assuré
De remplacer ce travailleur aimable :
Le tems seul promettait cet objet désiré.
Le Singe est toujours Singe : on trouva son sem-
blable :

Le Chardonneret fut pleuré.

~~~~~~

LE MARAICHER

ET LE MARCHAND D'ODEURS.

Q u e me veut donc ici ce marchand de Civette ? (*)
« Achetez, me dit-il, ma petite cassette »
-- Combien ? -- Deux cents écus. -- Tatigué! -- Le
                                   nigaud!
Détaillé ce parfum et ta fortune est faite.
-- Ah ben oui! c'est ben là le fumier qu'il me faut
Pour avancer mes choux dont chacun fait emplette!
J'en sais un bon gros tas chez Thibaut mon voisin
Et m'en vais, sans tarder, acheter son crotin.
-- Bien! mon ami; vas, cours. Je crois voir un
                                   libraire
Qui, d'un fatras d'écrits dont on leste sa main,
S'accommode pour ceux qui n'ont pas le goût fin,
En donne un prix modique, et dit: *la bonne affaire!*

(*) CIVETTE, petit quadrupède, natif des
climats les plus chauds de l'Asie et de l'Afrique.
On appele *Civette* l'humeur odorante que les
Levantins retirent avec une cuiller du réservoir
mystérieux ou la placé la nature, et dont la
CIVETTE ne se débarrasse *naturellement* que
lorsqu'elle est tourmentée par son acrimonie.

LE FRAISIER SANS COULANS.

Si quelque végétal aime à se propager,
　A s'étaler sur la machine ronde,
　　A prendre terre, à voyager
Comme un navigateur faisant le tour du monde;
　C'est le Fraisier : au risque du danger,
Nature le créa d'une humeur vagabonde.
　　Partout, à l'aide de ses bras,
Il s'implante : sa fleur, à nos yeux, sous nos pas,
Offre assez de témoins de son pélerinage.
Dans nos jardins il va nous barrant le passage...:
　Coupez, coupez; non, ne le coupez pas;
J'ai respiré l'odeur de la Fraise Ananas.....!
Eh! cet indice encor m'avertit qu'il voyage.
De ses grains fécondans le Zéphyr parfumé,
L'emporte dans les airs et partout l'a semé.
Son fruit aime à changer de couleur et de forme.
Rouge, fauve, ou vermeil, ou blanc, sans décliner,
　　Vous le voyez se promener
　　Tantôt petit, tantôt énorme :
Mais ce Protée enfin je le vais enchaîner.
-- Comment cela ? -- Comment! Passons en
　　　　　　　　　　　　　Amérique,
　Aux lieux où croît l'horrible végétal (A)

Dont le naturel du Mexique
Emprunte le poison fatal,
Satisfait de porter, avec le trait qu'il lance,
La mort prompte à servir sa haine ou sa vengeance,
C'est là que, sans soucis, sans crainte, sans soupçon,
Est venu se poster mon Fraisier vagabond,
Des Cieux mal à propos bénissant l'influence.

On aime à voisiner; notre gentil Fraisier,
   Ami des bois, et cherchant leur présence,
A bientôt pullulé : sa famille s'avance
    Du côté du Mancenillier.
    Celui-ci ne veut voir personne.
    Sur ce cortège familier
    Il se secoue... et l'empoisonne.
Du père même il veut sécher les fleurs,
Et porter jusqu'à lui ses mortelles vapeurs.
Effrayé du péril : « O divine Pomone !
» Dit le Fraisier, protège un père infortuné,
» Dont chaque fils périt aussitôt qu'il est né.
» Cet arbre venimeux, colosse inabordable,
» Dont le front porte au loin le pouvoir redoutable,
   » S'il ne m'a pas moi-même empoisonné,
» C'est qu'il ne m'atteint pas. O sort épouvan-
                 table !
» Vivre seul est-ce vivre; et suis-je condamné
» A voir finir ici les miens et mon espèce » ?
— « Cesse de t'alarmer, lui répond la Déesse.

» Tu trembles pour les tiens sous cette région!

» Je puis vous préserver de la contagion :

» Tu seras père encore ». O divine Sagesse!

    O prudence, attribut des-Dieux!

Sans vous, sans vos secours, est - il quelqu'un

                       d'heureux?

POMONE réfléchit; Pomone prévoyante

Voit qu'il faut s'opposer à cette humeur errante,

Qui fit courir au loin et trouver le trépas

Aux enfans isolés de son aimable plante;

Elle prend le parti de lui rogner les bras,

    Et de changer son caractère :

Elle y touche, le cerne, et de si près le serre,

    Qu'autour de lui, ses rejetons,

En cercle rapprochés, ainsi que des moutons,

    Trompent l'espoir de l'adversaire.

    DE ce jour, les fils et le père

Semblent ne faire qu'un : ses robustes enfans,

Par une habile main détachés de la souche,

    Et portés ailleurs tous les ans,

Vont flatter l'odorat et contenter la bouche,

Sous le nom, le doux nom de FRAISIERS SANS

                 COULANS.

MON Fraisier vagabond c'est la Philosophie,

    Qui ne sait pas se défier

    De l'affreuse et jalouse envie,

Dont le hideux emblème est le Mancenillier.
De cet arbre trompeur évitez l'analogue :
Craignez, sages, craignez cet insigne bourreau,
Qui (séparés) vous tue ; et que cet apologue
Vous serve à ne former désormais qu'un faisceau.

ENVOI

DE LA FABLE, ET DU FRAISIER,

a Madame Palissot.

De mon Fraisier j'ai conté l'origine ;
Mais ce n'est tout : vous désirez savoir
Par quel hasard, comment je puis avoir
Ce végétal qui jamais ne chemine ;
Qui de ses fils enchaîne la racine
Et se tient coi dans son petit manoir :
Vous le saurez ; j'aime à vous satisfaire.

Rival des Dieux, ce fameux citoyen,
Qui s'occupa du bonheur de la terre,
Simple et profond ; et dont la même main
Qui, dans Passy, cultivait un jardin,
Au Tout-Puissant arrachait son tonnerre ;
Le croirez-vous ? cet illustre Francklin
Daigna m'aimer : il avait l'ame bonne ;
Il faisait grace à mes faibles talens ;
Il ressemblait à tous les vrais savans

Qui, loin, bien loin de mépriser personne,
Daignent jouer même avec les enfans.

De ces Fraisiers, qu'il nommait *sans coulans*,
En Amérique, il obtint de Pomone
Deux rejetons qui, dans un bon terreau,
Purent voguer aussi bien qu'au berceau.
Il les soignait, détachés de leur gerbe,
Dans ce jardin où, fuyant les honneurs,
On a pu voir avec lui Malesherbe
S'extasier à l'aspect d'un brin d'herbe,
Du Bec-de-Grue admirer les couleurs (B),
Jeter sur terre un œil idolâtrique;
Et puis tous deux, sublimes raisonneurs,
Des vastes cieux et de la politique,
Le front levé, sondant les profondeurs,
Parler des Rois, de la foudre et des fleurs.

Là, de ces fruits une touffe odorante
Frappe mes yeux, et m'embaume, et me tente :
La nouveauté charme tout amateur.
Mon vœu suffit : l'aimable ambassadeur,
Ce Roi sans l'être, armé d'une binette...
C'était son sceptre; autre Cincinnatus,
Enlève l'un de ces buissons touffus,
Et m'enrichit.... comme je le souhaite.
C'est ce buisson que j'ai fait pulluler.
Mais c'est trop peu que de vous en parler :

Avec plaisir si quelqu'un le propage,
Ce sera moi. Ne le refusez pas,
De l'amitié ce léger témoignage.
Je mets ma gloire à briguer l'avantage
De n'être pas au nombre des ingrats.

Je voudrais bien en dire davantage;
Mais cet auteur de vos jours fortunés
Qui, mainte fois, comme le vieux Voltaire,
A secouru les arts abandonnés;
Mais Palissot m'ordonne de me taire:
J'en suis fâché; car il se pourrait faire,
Si je disais toute la vérité,
Qu'il triomphât de plus d'un adversaire
Toujours parlant de sa méchanceté!...
En mil sept cent, maint auteur maltraité,
Nommait Boileau *serpent, tigre, panthère*....
On sait jusqu'où va la colère
De l'amour-propre révolté.

NOTES.

(A) Aux lieux où croît l'horrible végétal.

Le *Mancenillier*, arbre qui croît en Amérique;
non moins attrayant que ceux qui bordaient,
dit-on, le lac de Sodôme, et dont le fruit
vermeil renfermait, sous son enveloppe, une

poussière tenue et puante, que nous ne pouvons
comparer qu'à celle du faux Champignon vul-
gairement appelé Vesse-de-Loup; production
qui est (dans le règne végétal) ce que (dans
le règne animal) est le Bupreste ou Bombar-
dier, laissant échapper de son réservoir la mauvaise odeur avec l'air qu'il renferme.

Les fruits du Mancenillier sont des espèces de
pommes de la grosseur et de la figure de nos
pommes d'Api. Leur pulpe est un poison, et
cependant leur odeur invite à les manger ! Tels
sont les dehors et l'intérieur de bien des hommes:

« Odeur de Saint se sentait à la ronde ».

Le BOHON-UPAS, plus *formidable encore*,
originaire de la nouvelle Hollande, aurait peut-
être dû figurer ici en place du *Mancenillier*,
mais il est moins connu. Il y a pourtant une
fiole de son affreux poison au Museum d'histoire
naturelle.

(B) La terrasse du docteur Francklin à Passy,
était bordée en totalité de *Géranium* de divers
couleurs, mais principalement de celui couleur
de feu.

~~~~~~

LE QUIPROQUO,

OU LES ERREURS DE L'AMOUR ET D'ATROPOS.

(1 M.)

JE me demande quelquefois à moi - même pourquoi Anacréon, Horace et autres poëtes célèbres parlent si souvent de la mort. Serait-ce parce qu'il est impossible de n'y pas penser, ou parce que, avec l'âge, on la sent s'approcher; ou, enfin parce que l'on se porte bien, et qu'on ne la voit alors que dans l'éloignement?

Malesherbe a commenté d'une manière désespérante le *pallida mors;* mais personne que je sache, n'a eu le même bonheur pour d'autres vers d'Horace *sur le même sujet;* par la raison, je crois, que ses pensées sur la mort sont peut-être ce qu'il y a de plus frappant et de plus admirable. Ceux-ci, par exemple :

Cedes coemptis saltibus, et domo
Villâque, flavus quam Tiberis lavit
   Cedes; et extructis in altum
   Divitiis potietur heres.

Divesne, prisco et natus Inacho
Nil interest, an pauper et infimâ
De gente sub dio moreris
Victimâ nil miserantis Orci.

Omnes eodem cogimur : omnium
Versatur urna, serius, ociùs
Sors exitura, et nos in æter-
Num exilium impositura cymbæ.

J'ai lu plusieurs imitations de ces belles
strophes sans en être entièrement satisfait. Placer
ici mon imitation c'est donner une revanche aux
poëtes qui *me paraissent* ne s'être pas assez rapprochés de l'original, je ne dis pas quant à la
lettre, mais quant à l'*esprit* et à l'expression.
Tout Critique devrait ainsi prêter le flanc. (*)

To n palais, et ce parc immense
Qui du Tibre enrichit les bords,
Tu les perdras; ta jouissance

———————————————————

(*) Je ne donne ici que les trois strophes de
cette ode relatives à mon sujet : on la trouve en
entier dans le volume du Fond-du-Sac, édition
de Panckoucke, chez Capelle et Renaud,

Finit avec ton existence;
Un autre aura tous ces trésors.

Qu'on soit riche ou dans la misère,
Pour aïeux qu'on ait des héros,
Ou qu'on soit un homme vulgaire,
A la Parque il n'importe guère :
Tous les mortels lui sont égaux.

L'Aveugle sort, au tems qui passe
Offre sans choix des noms divers;
Et le vieux nocher, qui se lasse,
Brusquant les ombres qu'il entasse,
Fait tout passer dans les enfers.

On croirait que Lafontaine a mis sans répugnance la mort sous nos yeux ; qu'il s'est
plu à le faire, en la personnifiant deux fois;
et de plus en parlant d'une manière si
sublime du passage de la vie au trépas, dans
son conte emprunté de Machiavel. (*) De pareils
tableaux sont plus affligeans qu'agréables ; et cependant, *par tous pays*, on voit peu d'auteurs
qui ayent résisté au désir de tremper leur pin-
ceau dans de si noires couleurs ; souvent même

_____

(*) Belphegor.

sans égayer leur sujet par des oppositions riantes ;
témoin J.-B. Rousseau dans ses stances si connues , (*) et surtout les sombres et flegmatiques
écrivains des trois Royaumes.

Le célèbre tableau du Poussin représentant
des Nymphes dansantes et un tombeau dans
l'éloignement, fait faire de douloureuses réflexions ; mais les ris et les jeux sont sur le
devant.

Les latins modernes n'ont pas toujours pensé
(comme Horace et Anacréon) à faire de ces
oppositions d'idées agréables à des idées tristes :
on en pourra juger par une citation d'autant
plus nécessaire ici que j'ai pris à tâche de ne
pas tromper le lecteur en m'attribuant ce que
je ne fais que mettre en œuvre, en essayant de
l'embellir.

DE MORTE ET AMORE. (**)

Errabat socio Mors juncta Cupidine : secum
Mors pharetras , parvus tela gerebat Amor.

(*) Que l'homme est bien durant sa vie ; etc..
(**) Les Grecs sont les inventeurs de cette
fable; le latin n'en est qu'une traduction, il en
a paru plusieurs dans cette langue.

Divertere simul, simul una et nocte cubarunt.
   Cæcus Amor, Mors hoc tempore cæca fuit :
Alter enim alterius malè provida spicula sumpsit :
   Mors aurata ; tenet ossea tela puer !
Debuit inde senex qui nunc acheronticus esse,
   Ecce amat et capiti florea serta parat.
Est ego mutato quia Amor me percutit arcu
   Deficio ; injiciunt et mihi fata manum.
Parce puer, Mors, signans victricia parce :
   Fac ego amem ; subeat fac acheronta senex !

Voilà, je pense, une de ces vieilleries dont
il est d'autant plus permis de s'emparer, que
Lafontaine nous y a autorisés tout en puisant
à *la même source,* ainsi qu'il est prouvé par le
texte latin de la fable intitulée, LE POT DE
TERRE ET LE POT DE FER. Au surplus je ne
traduis pas ; j'en prends à mon aise ; j'imite et
je crée.

~~~~~~

CUPIDON ET LA MORT.

Hic faltem gestat, gestat at illa facem.

La Mort ! ce spectre est repoussant :
Personne ne le voit, sans faire la grimace,
    Moi le premier, et cependant
    Le sourire naît et l'efface
    Lorsque Bacchus, sur le devant,
    De son nectar remplis ma tasse ;
    Ou qu'une Nymphe qui m'agace
    Pour guide a le malin enfant
    Que la Sagesse même embrasse !..
    Et c'est là le secret d'Horace
    Qui parle de Mort si souvent.

Puissé-je d'une ancienne et sombre rêverie
Sur un pareil sujet bien parler à mon tour !

    On dit que la Mort et l'Amour
Fatigués de travaux s'arrêtèrent un jour
    Dans une même hôtellerie,
    Décidés d'y passer la nuit ,
        Sans bruit :
-- Ensemble, direz-vous, ou bien séparément ?
    -- Séparons-les, mais seulement

Pour n'offrir rien de rebutant
Au bon goût justement sévère ;
Car l'Amour et la Mort s'unissent bien souvent !..

Voilà nos gens au lit ; quel repos pour la terre !
Aussitôt que l'aurore a lui
L'un et l'autre debout, croit avoir trop dormi,
Beaucoup trop. Je ne puis dire que l'on s'habille,
Puisque Cupidon va tout nud,
Et que le noir squelette, aux mortels si connu,
N'a pas même une souquenille.
Quant à leurs divers attributs,
Pour dire mieux, quant à leurs armes
L'un et l'autre, au hasard, en francs hurluberlus,
Prennent ces instrumens d'alarmes.
De l'enfant de Cypris la Mort tient le brandon.
Au rebours, messer Cupidon
A saisi la faulx meurtrière !..
Et voilà ce que c'est, ou de n'avoir pas d'yeux,
Ou d'avoir un bandeau qui les cache tous deux.
Tels Quiproquo se font chez maint apoticaire,
Qui pourtant y voit beaucoup mieux ,
Et ne nous fait pas moins, sous le drap mortuaire,
Aller visiter nos aïeux.
— Eh bien ! qu'arriva-t-il ? Au fait en raccourci.
— Ce qu'il arriva, le voici.
Au devant du Dieu de Cythère
La jeunesse, livrée à ses brûlans désirs,

Reçut le coup mortel au sein des doux plaisirs.
    D'autre part ce fut le contraire.
N'attendant que la Mort, le malheureux vieillard
Sentit les feux d'Amour et redevint gaillard !
Dès-lors plus d'Apollons, et moins encor d'Her-
                cules :
On ne vit que des nains, contrefaits, ridicules.
    Force Vulcains, plus d'Adonis,
    Pour l'aimable et tendre Cypris ;
    Et pour la Déesse des nuits
Plus de Céphale ! . Adonc toutes les belles
Nymphes des bois, Déesses et mortelles
Ensemble se vont plaindre au Souverain des Cieux.
« Si Vénus, lui dit-on, à des amans si vieux
  » Ouvre encor longtems son domaine,
  » S'il n'en vient que des Mirmidons,
  » C'en est fait de la race humaine.... »

    L'OLYMPE goûta leurs raisons.
Pourtant l'on varia dans les opinions.
« A l'Amour, disait l'un, rendez, rendez la vue,
 » Et vous ne verrez plus de pareille bévue.
 » Non, disait l'autre, non; laissez-lui son bandeau,
 » Et des mains de la Mort arrachez le flambeau ;
 » Qu'on le rende à l'Amour : ses erreurs, ses
                      caprices
    » Sont la source de nos délices.
 » Le voile officieux dont ses yeux sont couverts

» Fait qu'il nous distribue un plaisir qui varie,
     » Et, rompant la monotonie,
» Préserve de l'ennui moitié de l'univers ».

     BACCHUS, bavard des plus diserts,
     Voulait (parlant tout de travers)
     Que l'affaire fût ajournée.

S'IL fallait rapporter tous les avis divers,
     J'en aurais pour une journée.
D'ailleurs Comus arrive ; il parle de festin,
Et dit qu'on est servi... « Finissons, dit Jupin.
» Que des fleurs du printems jeunesse couronnée
» Soit rendue aux désirs du sexe feminin,
     » Et vieillesse soit moissonnée ;
     » Chacun son tems : Mercure, allez soudain
     » Restituer sa faulx à la Mort basanée :
» Qu'Amour seul, désormais, ait ce flambeau divin
» Qui des jeunes amans charme la destinée !..
» Allez, exécutez mon ordre souverain ».

IL dit, et dans l'instant les voilà tous à table !...
     Si j'en crois ce que l'on en dit,
Juger est ennuyeux, manger est préférable.
Mais ont-ils tout prévu ?..J'interromps mon récit,
Pour laisser le moment aux divins camarades
     De contenter leur appétit
     Et de boire quelques rasades.

~~~~~~

LES NYMPHES

TROMPÉES DANS LEURS ESPÉRANCES.

Juvenilis ardor fallere promptus:

Jupin avit parlé, Momus avait agi.
Cupidon et la Mort, après cette aventure,
    Reprenaient chacun son allure.
Mais déjà, dans Cythère on a vingt fois rougi
    Des vains efforts de la jeunesse :
Ils ont trop abusé ; l'excès de leur amour
Les a, comme Titon, fait vieillir en un jour.
Le désir, cependant survivant au marasme,
Ils s'en venaient, plus fous que tous les fous
                    d'Erasme
Le teint have, l'œil creux, sur deux longs flageolets,
Parler de leur amour, et le faire... en couplets!
   Nota bene que cette frêle espèce
     Arrivait, non pas de Lutèce ;
--Et de quel pays donc?--Comment! de quel pays?
    De Corinthe et de Sybaris,
     Berceaux de fleurs où, dans la Grèce,
Vivaient languissamment les fils de la mollesse.
On crut les éloigner en leur riant au nez ;

Mais tous se montrant obstinés
'A fatiguer pour rien la beauté complaisante,
Le dégoût vint, après une inutile attente.
Cupidon désœuvré faisait rire Momus :
Mais tout prend fin ; le tems met un terme aux abus.

Partout où sur le trône une femme est assise,
Amans favorisés sont, dit-on, absolus.
Mars, cet heureux amant de la belle Vénus,
  Vint la voir et lui dit ; « or sus
» Ma reine, plus d'une entreprise
» M'amène auprès de vous : il me faut des soldats
 » Gens vigoureux, que ne fatiguent pas
» Marche forcée, assauts, ou bivouac, ou combats,
» Bons sur les eaux, sur terre, enfin, par tout
      climats,
» Riant du vent du sud ainsi que de la bise ».
  (Peut-être il lui parla tout bas
  Des corsaires de la Tamise,
'A Neptune sur lui, donnant chez eux le pas :
Je n'en sais rien). « Le tems ne fait rien à la chose
 » Ajouta-t-il ; assemblez vos états,
 . » Dites ce que je me propose :
» Avisez au moyen que d'un peuple guerrier
  » A mon gré je dispose ;
» Et de vous cependant qu'il naisse un héritier,
 . » Un bel enfant, sur qui repose
» Le bonheur de chacun... celui du monde entier » !

Vénus ne se fit pas prier,
Vous l'aurez, lui dit-elle; après quoi la Déesse
Consultant Esculape, on dit qu'à Sybaris,
    A Corinthe, en d'autres pays,
    Dans les Gaules tout comme en Grèce,
    Arrêté fut « que tous amans transis
» Soupirans énervés et jeunes décrépits,
» Pendant dix ans prendraient le lait d'ânesse...
        » Défense fut faite au surplus
        » Aux gentilles *filiabus*
        » Ainsi qu'aux *mulieribus*
        » De leur favoriser l'entrée
        » Dans les bosquets de Cythérée
        » Avant les dix ans révolus ».

LE LION SE FAISANT JUSTICE.

Un Loup, (chasseur madré) dans une bergerie,
A l'insçu du berger se glissait par un trou.
Quand la faim le pressait, le dangereux filou
Allait l'appaiser là ; c'était sa boucherie.
Le jour l'aurait trahi ; futé comme un Renard,
Il attendait la nuit, se couvrait de son ombre,
S'acheminait sans bruit : mais envain fait - il
                                            sombre
Les brigands sont guettés ; on les prend tôt ou tard.
Un soir que celui-ci ; venant de la provende ,
Emportait un Agneau ; voici qu'un Léopard
Estaflier du Lion, l'arrête et lui demande
        De quel droit il fait ce butin
        Sur les terres du souverain ?
Le Loup tremble à l'aspect de cet autre escogriffe ,
Lequel, trouvant ici deux mets pour son repas ;
S'apprête, en lui parlant, à jouer de la griffe.
Seigneur, répond le Loup, ne me trahissez pas :
De l'Agneau que voici contentez-vous de grace,
Et vous y gagnerez : voyez par où je passe,
Pour avoir ce gibier ; un si petit espace
Ne vous suffirait pas pour entrer la dedan .
        Si vous voulez me laisser faire,
        Le plus beau de ma carnassière

Vous l'aurez, foi de Loup. — C'est parler, je
t'entends
Répond le Léopard, à qui de tels présens
Font oublier les devoirs de sa place.

Messire Loup, d'accord avec le garde-chasse,
Au bercail se rend plus souvent,
Et beaucoup plus effrontément.
Ils sont deux à nourrir! vous jugez du carnage!
Tout devait passer sous leur dent.
Les brebis se taisaient, et Guillot vainement
Guettait l'auteur de ce ravage.
— La fin de tout ceci? — Vous l'apprendrez bientôt.
Un jour que le triste Guillot
Veille sur ses moutons, qu'il mène au pâturage,
Pluton les pourchassant effarouche un Agneau
Qui fuit et disparaît : la timide pécore
Croyant que c'est le Loup qui la poursuit encore,
Sous un rocher s'enfonce, avance, et trouve là
Son seigneur suzerain, ce Lion dont parla
Notre Léopard infidèle
Au brigand écueil de son zèle,
Quand celui-ci le régala.
Pauvre Agneau! son cœur bat ; jugez s'il est en
peine!
Près de sire Lion, humblement il se traîne :
Celui-ci fut humain, car il avait dîné.
Parle et rassure-toi, dit-il, au nouveau né ;

D'où viens-tu ? -- J'ai quitté la plaine,
    Effrayé, croyant voir un Loup
Qui chez nous s'introduit, qui nous poursuit partout,
    Et journellement nous immole :
Si ce n'est pas pour vous, on ne sait trop pour qui ;
Mais, au rapport de gens supputant ce qu'il vole,
    Il en prend beaucoup trop pour lui.
« Bon ! dit le Léopard, à cette tête folle
» Ajouter foi, seigneur, en prendre du souci,
    » Ce serait une belle école !
» La peur le fait parler ». Comme il pérore ainsi
Pluton, qui va rôdant par ordre de son maître,
Entre, voit l'Aguelet, et lui dit : te voici !
    Allons pars. Le Lion l'arrête.
Mons Pluton, lui dit-il, as-tu perdu la tête
De laisser au hasard errer ce jeune Agneau ?
Est-ce ainsi qu'on rallie et qu'on mène un troupeau ?
« Sire, répond le Chien, nous faisons bonne garde,
» Et si, nous périssons ! tout le mal vient d'un Loup.
» De nuit, pour le guetter en vain je me hasarde ;
» Il trompe tous les yeux, il est sûr de son coup.
» Avec un sien ami, si l'histoire en est crue,
» L'égorgeur protégé, prend dit-on ses repas :
» Depuis qu'il faut passer par ces deux estomacs,
» Jugez si le troupeau tous les jours diminue » !

Le Lion réfléchit, il voit qu'il est trompé :
Deux plaiguans à la fois ! cet accord l'a frappé.

Allez, voyez, dit-il, veillez encor : peut-être
    Vous réussirez à la fin
A découvrir par où s'introduit l'assassin.
Vous aussi, Léopard ; ce Loup n'est pas si fin
Qu'il vous échappe ; amenez-moi le traître.
En parlant de la sorte il cachait son dessein,
    On le devine ; l'œil du maître
    Change en Argus un souverain.
    Voici donc que notre bon sire
Va seul, un beau matin, parcourant son empire
    Incognito. — Bon ! mais, sous quel habit ?
Car du Lion, partout on connaît la figure.
    — Messieurs, il voyageait de nuit :
    De plus il s'était, m'a-t-on dit,
D'une peau de cheval fait une couverture.
De la sorte habillé, caché dans un taillis,
    Vous jugez qu'il ne tarda guère
    A rencontrer nos deux amis.
Il les vit l'un et l'autre, assis sur l'herbe tendre,
    Et dépeçant une brebis,
    Que sire Loup venait de prendre.
Peu content toutefois, vu qu'il a moindre part,
    Le brigand dit au Léopard :
J'ai bon nez, camarade ; une nouvelle proie
Vient, à mon odorat, d'apporter quelque joie :
    Flaire un peu ; je me trompe fort
Ou, dans les environs, gît quelque cheval mort.
O fortune ! vois donc ! Là bas ! sous ce feuillage !..

— Bonne aubâine ! si c'est un cheval en effet,
Dit l'Ogre moucheté ; vas t'assurer du fait.
Le Loup part, il s'élance, il saute avec courage
Aux flancs de ce cheval, qui n'en est que l'image.
La griffe du Lion se montre au même instant :
Le Loup meurt : son lugubre et dernier hurlement,
    Entendu de la bergerie,
S'en va frapper l'écho, qui répete et publie
    Ce prompt et juste châtiment.

Fort bien, medira-t-on ; mais ce flatteur, ce traître,
L'imposteur Léopard, n'eût-il pas même sort ?
Non ; mais il fut banni loin de la cour du maître.

L'EXIL, est pour les grands, plus cruel que la mort.

LE PIGEON ET LA PIE.

Rougissons et corrigeons-nous;
Français! il en est tems encore :
N'oublions pas Anaxagore
A l'amende, jadis, condamné par des fous,
Parce que, fou lui-même, et franc visionnaire,
 Il lui plut de mettre en avant
 Que le Soleil qui nous éclaire
 « Est un monceau de fer ardent ». (A)
Il fut traité d'*impie* et perdit sa fortune!..
Que pourrait des méchans la clameur importune,
Si, moins pressés d'agir, nous pensions un peu plus?
 Le lâche et perfide Anitus
 Traitant Socrate de profane,
 Ose prier Aristophane ..
 Et l'hypocrite Mélitus
De perdre dans l'esprit du peuple et des puissances
Celui qui, dans Athènes, à toutes les sciences
 Unissait toutes les vertus :
Et la Grèce trompée ordonne son supplice!..
 Mais vient le jour de la justice.

 Le tems met un terme à l'erreur.
 Le peuple reconnaît son crime,
 Il en gémit, il se repent :
 Au juste, qui fut sa victime,

Il croit devoir un monument,
Il l'érige : à quoi bon? ce n'est là qu'un indice
Du repentir qui tourmenta son cœur.
Le repentir, quoiqu'il agisse,
N'efface par le déshonneur.
— Oh, oh! qui parle ainsi? Le sévère prôneur?
Il tranche du Caton, et c'est Aristenète !
A ce ton sérieux sa muse est peu sujette :
— J'en conviens : ma mauvaise humeur,
A l'aide d'une historiette
Pourra moins déplaire au lecteur ;
Essayons : je reprends mon métier de conteur.

EXEMPTE des transports d'une folle amourette
La jeune Annette
Elevait un Pigeon ; il régnoit dans son cœur,
En attendant qu'un autre en devint le vainqueur
De l'aimable et gente fillette
Le père, un peu grossier, contrariait le goût.
Ce qui lui déplaisait surtout,
C'était de voir l'oiseau prendre sa nourriture
Dans un petit vase d'argent
Timballe ou gobelet, qu'un beau jour de St. Jean,
Par adresse ou par aventure
Il remporta sur plus d'un concurrent
Qui, comme lui, tirait au blanc.
Pauvre Annette ! faut - il, quand ton cœur se
signale

Par cet aimable excès de ton affection,
  Que la suite en soit si fatale!

  UNE contraire passion
Du père insouciant était le sot partage.
Il fallait à Lucas, pour récréation,
  Quelqu'oiseau dont le bavardage
  Attirât son attention
  Entre la poire et le fromage.
« Quoi! toujours et toujours entendre roucouler!
  » Jarni, disait-il, quel supplice!
» Peste soit des oiseaux! s'il faut que j'en nourrisse,
  » Je veux les entendre parler,
» Ou chanter:.. bref j'entends que l'on me
        divertisse ».

LE hasard, qui fait tout, contenta ses souhaits.
D'un voisin de Lucas le beau-fils, grands laquais,
Vint un jour de Paris, apportant une Pie.
  Blaise, qui ne les aimait pas
  S'en défait, la donne à Lucas,
  Qui, de grand cœur, le remercie :
Il semblait qu'on eut fait le bonheur de sa vie.

  VOICI Margot dans la maison
  Faisant entendre son jargon,
La première éveillée, et parlant la première!
  Bientôt la dame familière
Fourre son nez partout, et mange sans façon

La nourriture du Pigeon !
    La voilà qui lui cherche noise,
Court après, le poursuit, et manquant de respect
A l'oiseau de Vénus, querelleuse et sournoise,
    Allonge force coups de bec,
L'éloigne, et tôt après saute, saute et babille.
    Annette en pleure : et Lucas ? il en rit.
Quel père ! direz-vous, ah ! le mauvais esprit !
    Rire du tourment de sa fille !
Applaudir aux jurons, au manège falot
    D'une noire et laide Margot !
    Regarder comme peccadille
    Et coups de bec et coups d'ergot !
Le mauvais cœur ! le monstre ! oh, oh ! comme on
                                    l'étrille,
Lourd villageois ! monstre n'est pas le mot :
Messieurs, vous jugez mal ; Lucas n'était qu'un sot,
Un sot, comme on envoit tous les jours par le
                                    monde
Et surtout dans Paris. Aussitôt qu'un aspic
Attaque quelque auteur dans un papier public :
Fut-il blanc comme neige, il suffit qu'on le fronde ;
Les talens, les vertus, le malheur, rien n'y fait.
Au spectacle, au café, partout la foule abonde
En oisons, pauvres gens dont le plaisir se fonde
    Sur l'injurieuse faconde
D'un écrivain mordant qui fait rire et qui plaît.
Car, pour se bien porter il faut rire en effet ;

Et lorsque, par hasard , la critique est muette,
  On va s'égayer chez Brunet,
  Pour ne pas sécher de disette.
Mais tel rit aujourd'hui qui pleurera demain.
  Que si Lucas ne versa pa   ; larmes,
  Au moins eût-il bien du chagrin.
 Dans son logis voici tout en alarmes.
 Cette timbale où mangeait le Pigeon,
 Chacun se dit : qu'est-elle devenue ?
 On cherche envain par toute la maison.
 O jour fatal ! dit Annette éperdue
 Mon bel oiseau, tu n'as pas fait ce vol.
 « Si fait , si fait », dit la maudite Pie.
 Lucas l'entend et, dans l'instant s'écrie :
 MORT AU PIGEON. Un bourreau, nommé Paul,
Garçon de ferme ; (Annette envain l'arrête;
Envain, sur ses genoux est l'innocente bête) :
 Valet soumis, stupidement cruel,
Ce vilain Paul... Eh bien? De ce séjour mortel
Loiseau part. Mais Annette? Annette, Annette!
      ô Ciel !

Elle se meurt ; son père envain l'appelle;
 Son front se peint des couleurs du trépas.
 « Vous me tuez, ah! j'en mourrai, dit-elle »;
 Disons pourtant qu'elle n'en mourut pas.

 LE même jour, sous un sordide amas
De menu bois, de pain, de rôt et de fromage

Lucas trouva le fatal gobelet,
    Margot le cachait dans sa cage.;
    On la reconnaît à ce trait.

    Aux genoux de la jeune fille
Lucas, honteux de sa crédulité,
De sa sottise et de sa cruauté,
Tombe. On voit d'autre part cet infâme soudrille,
Paul ; il est là pleurant, demandant son pardon.
Pour l'obtenir il apporte et présente
    Margot pendue au bout d'un grand cordon,
    Sans se douter qu'avec un pareil don,
        Il jette encore l'épouvante.
Annette cependant fait grace et, dans ses bras,
    Reçoit le rustique Lucas.
    Aimable fille! à sa grande tristesse
On pût voir succéder quelque soulagement.
Un tombeau de gazon devint le monument
    Du digne objet de sa tendresse.

    Lucas, pour expier ses torts,
Fit faire un colombier, dont la sensible Annette
Eut la direction et toucha la recette :
Une Agace, au sommet, l'œil éteint, le col tors,
Figurée en fer blanc, servit de girouette.

    J'entends dire que des méchans
    Le bonheur n'a jamais qu'un tems ;

Que l'innocence est reconnue.
Eh ! que m'importe à moi, lorsque je n'y suis plus,
Que l'on parle de mes vertus !
Beau reconfort qu'une statue
Pour quiconque a bu la ciguë !

NOTE.

(A) « *Est un monceau de* FER *ardent* ».

Il y a tant de traductions infidèles qu'il ne
serait pas impossible que ce ne fut pas ici le
mot dont se serait servi l'ami de Périclès. Et en
effet, ailleurs on lui fait dire : « *une masse de*
MATIÈRE *ardente* », sans désigner la nature
de cette matière.

La folie d'Anaxagore ne consiste pas précisé-
ment dans sa définition du Soleil, mais dans
l'*imprudence* qu'il eût de hasarder une conjecture,
peut-être une vérité, en traitant de *matière*
un astre dont les Grecs avaient fait une *Divinité* ;
ensorte qu'il s'exposa à être traité d'*impie* et fut
puni comme tel.

La curiosité m'a pris de vérifier le texte depuis

que j'ai fait cette note : voici la phrase de
Plutarque, tome 2, page 169. « Anaxagore fut
condamné comme *impie* », pour avoir dit que
le Soleil n'était qu'une pierre.

Ce passage de Plutarque a été rendu ainsi
qu'il suit, par un savant (dont Barthelemi
adopte la version), « le Soleil n'est autre chose
» qu'une *pierre* ardente ou une lame de *métal*
» enflammé ».   me Anaxagore n'avait pas de
système arrêté sur la *formation* et la *conservation*
de l'univers, qu'il les attribuait, tantôt aux
seules qualités de la *matière* et tantôt à une
suprême *intelligence;* ARISTOTE lui reprochait
de faire, au besoin, descendre un Dieu dans
la machine, et PLATON de ne pas nous montrer,
dans *chaque* phénomène, les voies de la sagesse
divine.

Mais le peuple voyait *Apollon* dans le SOLEIL,
comme le vulgaire (chez les Egyptiens), voyait
Memnon dans ce même astre figuré par Osiris
ou un cercle auréolé; et le peuple ne pardonne
point de changer en *pierre* ou en *métal*, ou enfin
en *pure matière*, tout objet dont il s'est fait une
Divinité. Puis le peuple s'instruit, puis il se

repent; donc il faut l'éclairer, le rendre indulgent,
le détourner ainsi du crime, et prévenir son
repentir; car ses regrets ne sont d'aucun profit
pour les morts, et c'est ce qui nous fait dire :

Beau reconfort qu'une statue,
Pour quiconque a bu la ciguë!

LE LIÈVRE ET LE POURCEAU.

Le stupide animal avec son grognement !
    Disait un Lièvre pris au gîte,
Un Lièvre tout petit, tout jeune, encore enfant :
    Le moyen de prendre la fuite ;
Quand chacun éveillé jour et nuit va rodant ?
Hier, vilain Pourceau, qui te fit crier tant ?
— Comment ! tu ne sais pas ? notre garçon de ferme,
Me tenant par un pied garrotté d'un cordeau,
M'empêchait d'avancer. Je luttai, je tins ferme :
Je voyais dans sa main briller un grand couteau ;
Il allait... tout à coup une voix le désarme,
On l'appelle : « Lucas, au secours. » A l'instant
Il vole vers l'endroit où le monde en alarme
Entourait le fermier frappé d'un coup de sang...
Voilà, petit douillet, d'où vient tout le vacarme.
    Le maître étant mort à présent
Le désordre est partout : tu peux fuir ; moi je reste.
    Les héritiers incessamment
Viendront : mais la justice, elle n'est pas si preste ;
Me voilà sûr de vivre, et même assez longtems,
    N'appartenant plus à personne ;
    Car ils sont trois copartageans,
    Et je vais m'arrondir les flancs

En attendant que l'on me donne
A l'un des trois. -- Fort bien ! -- Que me faut-il
de plus ?
--Vivre au bois, sans danger. Mon Lièvre là-dessus
Avisant la grand porte ouverte,
S'esquive, et fuit d'un pas alerte.

CET exemple sans doute est beau ;
Les champs ont des attraits ; mais là comme à
la ville,
On n'est pas toujours sûr d'avoir un bon morceau :
Vivre à l'auge est plus doux ; on mange, on dort
tranquille ;
Et l'homme, en général, aime à vivre en pourceau.

LA MÉTAMORPHOSE

DES SŒURS DÉ PHAETON

EN PEUPLIER.

PRÊT à joindre, sans aucune espèce de réflexions,
cette fable à celles qui précèdent, je pense à
M. *St.-Ange*, dont la traduction d'Ovide a fait
la réputation, et qui peut faire accuser de témérité les poëtes qui croiront pouvoir réussir, en
produisant quelque chose *dans ce genre* après lui.

Je sais que quiconque ne lit que pour s'amuser,
doit mettre de côté toute espèce de commentaire ; mais je sais aussi que *les gens de lettres*
seront moins curieux de courir d'abord après
mon essai, que de connaître les motifs qui ont
pu me donner l'espoir de réussir dans une imitation nouvelle ; et comme les gens de lettres sont
les seuls dont le jugement puisse avoir pour
moi quelque intérêt, je ne m'arrête pas au peu
de souci ou à l'indifférence des oisifs ; je vais
parler à qui sait comparer, raisonner et juger.

vvv

RÉFLEXIONS IMPARTIALES,

Sur la traduction faite par M. DE St.-ANGE
des Métamorphoses d'OVIDE.

M. de St.-Ange, a été plus utile à son siècle
que beaucoup de soi-disant gens de lettres, qui
n'ont que des futilités à mettre en parallèle avec
ses *Métamorphoses*, ouvrage dans lequel, il
développe le paganisme *des anciens* assez exac-
tement pour qu'on puisse se dispenser de lire
son modèle.

L'ingratitude a trop souvent été le partage des
écrivains laborieux qui ont consacré leur vie
à des travaux pénibles, et même à des travaux
utiles ; témoin l'abbé TRUBLET, tourné en
ridicule par des jeunes gens qui ne l'ont point
lu, et à qui il a suffi (pour toute autorité)
d'une épigramme lancée contre ce compilateur
estimable par un homme de génie mécontent.
Mais ce même homme, *Voltaire*, lui avait
auparavant rendu justice.

Je conviendrai, si l'on veut, que ce n'est
point avoir fait preuve de génie, que d'avoir

traduit en totalité les *Métamorphoses d'Ovide*, parmi lesquelles il y en a de bien fastidieuses : cependant un ouvrage de si longue haleine (quelquefois très-bien écrit) a bien un autre intérêt que tant de petits recueils, où les fruits de nos désœuvremens n'offrent au lecteur qu'un ramas de lambeaux de couleurs variées, où tout est disparate ; tel enfin qu'on pourrait bouleverser le tout sans que le rimeur pût dire qu'on lui a fait aucun tort.

Il n'en est pas ainsi des *Métamorphoses d'Ovide*, l'un des poëtes les plus célèbres de l'antiquité. Ces pièces détachées, mais rangées avec ordre, forment un magnifique ensemble, auquel on ne pourrait rien déranger sans nuire à l'ordonnance et à la régularité de l'édifice. La COPIE, *souvent fidèle* de ce grand ouvrage, en impose comme une pyramide dont la hauteur et les dimensions donnent l'idée d'un travail immense. On a dit qu'à côté de celle-ci, on pourrait en élever une autre : soit. Essayez, jeunes gens; mais mesurez vos forces ; songez à ce qu'il faut de tems, d'opiniâtreté et de talent *réel* pour une telle entreprise. Je ne la crois pas du ressort d'un faiseur de madrigaux.

22

Cependant M. de St.-Ange n'est pas partout le digne rival d'Ovide. Peut-être n'a-t-il pas toujours également bien tiré parti de son sujet ; mais lisez et relisez Biblis. L'entendez-vous cette malheureuse, brûlant d'amour pour son frère, et présageant sa mort, s'écrier doulou- reusement :

« Mais que mon frère, au moins, en me fermant
          les yeux,
» Joigne un dernier baiser à mes derniers
          adieux » !

Lisez Vertumne et Pomone : voyez de quelle manière le poëte *français* peint les occu- pations et les goûts de la déesse des vergers :

« Armée, au lieu d'un *dard*, d'une serpe légère,
» Dans l'écorce entr'ouverte elle insère un bouton,
» Du rameau qu'elle adopte aimable nourrisson,
» Et des jets déréglés réprimant la licence,
» Elle émonde, avec art, leur stérile abondance ».

Ecririez-vous aussi bien, et feriez-vous des vers *instructifs* aussi doux à l'oreille ? *Delille, Palissot, Laharpe, Fontanes*, les meilleurs littérateurs enfin imposent silence aux critiques, par les éloges connus prodigués aux *premiers* essais du poëte traducteur. Ils l'ont encouragé dans sa noble entreprise ; il l'a terminée : soyons reconnaissans.

Je ne dis pas qu'on ne puisse détacher d'Ovide quelques morceaux des plus *faciles*, et lutter contre le traducteur. Cependant je répondrai toujours à tel qui se présenterait à moi avec la copie fidèle de quelque ornement *détaché de l'édifice :* voilà qui est fort bien ; mais l'*ensemble !* mais ce *tout complet*, qui me le donnera ? Ce n'est pas le versificateur qui présume tant de ses forces pour avoir réussi à un colifichet.

Un *imitateur* redoutable, si nous osons le comparer au *traducteur* St.-Ange, c'est le bonhomme LAFONTAINE ! Quel rival ! il a choisi, dans Ovide, ce qui le charmait, ce qui caractérise la sensibilité, l'excellence des mœurs antiques, le respect pour les Dieux, l'hospitalité sainte. Rapprochez-les un moment l'un de l'autre : comparez-les dans PYRAME ET TISBÉ, dans PHILÉMON ET BAUCIS : M. de *St.-Ange*, ne vous offrira surement pas l'équivalent de quelques vers de *Lafontaine*, qui,

gravés une fois dans la mémoire, ne peuvent
s'en effacer jamais : tels ceux-ci, en parlant
des amours de PYRAME ET TISBÉ :

« Un vieux mur entr'ouvert séparait leurs maisons,
» Le tems avait miné ces antiques cloisons.
» Là, souvent de leurs maux ils déploraient la
                                              cause.
» Les paroles passaient ; mais c'était peu de chose.

(LAFONTAINE.)

M. de St.-Ange va parler.

» Leurs maisons se touchaient : *un vice de structure*,
» Avait du *mur* commun *crevassé* la clôture.
» Dans ce *mur*, autrefois bâti par leurs aïeux,
» Un jour imperceptible échappe à tous les yeux.
» Sans que nul ne le *vît*, des siècles s'écoulèrent.
» L'œil de l'amour *voit* tout : nos amans l'obser-
                                              vèrent.
» Et surent y trouver un passage à la voix.
» Là, de leurs surveillans trompant les *dures* lois,
» Dans un doux entretien leurs lèvres empressées,
» L'un à l'autre, en secret, murmuraient leurs
                                              pensées.
» Là Tisbé de Pyrame écoute les désirs :
» Là Pyrame, à son tour, écoute ses soupirs ».

Quelle longueur ! *Lafontaine* ne prend pas
tant de marge. Il *imitait*, me direz-vous. Tant
mieux, M. de St.-Ange *traduisait :* Dieux !
fallait-il *traduire ?* O mon cher *Lafontaine !* que
tu as donc bien fait de ne pas t'embarrasser *ici*
du texte !

Que j'irais t'embrasser de bon cœur aux Enfers !
Ovide est moins concis : tu dis tout en un vers.

Je t'aimais il y a cinquante ans; aujourd'hui
je t'adore. Racine et toi vous êtes mes Dieux
pour le naturel, l'élégance et la sublime simplicité. Oh ! qui nous donnera un troisième
Dieu qui vous ressemble !....

Nous ne le trouverons pas dans M. de Saint-
Ange. Quelle triture laborieuse dans ces vers
où il fait ainsi parler Pyrame et Tisbé !

« Je t'*attire* en des lieux où *t'attend* le *trépas.*
» C'est moi qui *t'y* conduis et ne *t'y* préviens
pas, etc. »

. . . .

» Quand, malgré nous l'*amour*, la *mort* nous
ont unis ». etc.

Tandis que M. de St.-Ange nous chagrine l'oreille par son *l'amour*, *la mort*, et par cet autre vers si dur :

» Là de *leurs* surveillans *trompant* les dures lois.

où se trouvent des R, qu'il aurait dû réserver *pour une meilleure occasion ce qu'il n'a pas fait*, comme on le verra dans un instant; *Lafontaine* nous ravit par cette manière de s'exprimer si naïve et si douce :

« La défense est un charme; on dit qu'elle assaisonne .
» Les plaisirs. . . . . . et surtout ceux que l'amour
                            nous donne ».

C'en est assez sur PYRAME. Jetons les yeux un moment sur BAUCIS ET PHILÉMON.

Lafontaine ouvert, est à ma droite, M. de *St.-Ange* à ma gauche, *Ovide* est devant moi; Je lis. Que *St.-Ange* me pardonne. Comment ne pas s'extasier d'abord à la lecture de ces vers sublimes de *Lafontaine*, vers qui ne doivent rien à *Ovide* et qui caractérisent l'homme *né* pour *s'approprier* un sujet !

L'humble toit, dit *Lafontaine*, est exempt de soucis :

« Le Sage y vit en paix,..........
» Il regarde à ses pieds les favoris des Rois.
» Il lit, au front de ceux qu'un vain luxe en-
                                        vironne,
» Que la Fortune vend.... ce qu'on croit qu'elle
                                        donne ».

Quel hémistiche! quel admirable repos sur ce mot *vend!* J'ai le tems de réfléchir : je vois la pâleur, les soucis, les chagrins, la triste inquiétude rassemblés sur le front du Courtisan. Ici point de comparaison à établir entre *Lafontaine* et M. de *St.-Ange* : *Ovide* n'a pas fourni le canevas. Voyons donc un ou deux endroits où l'on puisse juger les *trois* peintres, à l'aide du rapprochement.

Il est question de la table à trois pieds sur laquelle *Philémon et Baucis* servirent aux Dieux un repas frugal. Cette table avait un pied vermoulu, brisé : il s'agit d'empêcher la table de vaciller.

.... *Mensam succencta tremensque Ponit anus. Mensæ sed erat pes tertius impar; Testa parem fecit.*
                                        (OVIDE.)

Voilà qui est pittoresque et laconique.

« On place devant eux, (devant les Dieux.)

» On place devant eux la table hospitalière,
» Vieux meuble, dont alors Baucis, au pas
                                    tremblant,
» Egale le trépié, comme elle chancelant.
» Quand le débris d'un vase eut étayé sa pente,
» On *l'essuye*, etc.»

(SAINT-ANGE.)

Voyons *Lafontaine* :

» La table où l'on servait le champêtre repas
» Fut d'ais, non façonnés à l'aide du compas.
» Encore assure-t-on, si l'histoire en est crue,
» Qu'en un de ses supports le tems l'avait rompue.
» Baucis en égala les appuis chancelans
» Du débris d'un vieux vase, autre injure des ans».

Passons au miracle de la cruche qui s'emplit à mesure qu'elle se vide, miracle dont aurait douté le PYRITHOÜS d'*Ovide*, vrai pendant de Saint-Thomas.

Interea, quoties haustum cratera repleri
Sponte suâ, perseque vident succressere vina,
Attoniti novitate pavent.

(OVIDE.)

« Cependant plus le vin rougit la coupe humide,
« De lui-même rempli moins le vase se vide,
» Surpris à ce signal, qui dessille leurs yeux,
» Philémon et Baucis ont reconnu les Dieux ».

(SAINT-ANGE.)

Voyons LAFONTAINE.

« Plus le vase versait, moins il s'allait vidant :
» Philémon reconnut ce miracle évident ».

M. de *St.-Ange* n'a point mal dit ; mais *Lafontaine* sera toujours notre maître. Il est prouvé que M. de *St.-Ange* n'est pas toujours tellement heureux qu'on ne puisse parvenir (je ne dis pas à le faire oublier) mais à se faire lire *après lui*, surtout *en ne traduisant pas :* mais au contraire, (comme dit *Lafontaine*) « en *imitant*, et en ne faisant pas de l'IMITATION » un *esclavage* ».

Un jour que j'étais à réfléchir là-dessus, dans mon cabinet, repoussant un projet dont le succès me semblait fort douteux, je vois entrer CORÉBUS qui, de prime-abord, me demande : A quoi penses-tu ? Je le lui dis.

Corébus qui va tout droit devant lui sans
s'effaroucher des réputations du jour ; voilà bien
des façons, me dit-il. Ce que tu crains d'essayer,
je l'ai fait, moi. Je ne suis pas content du
tout de la métamorphose des *sœurs de Phaëton*,
par M. de *St.-Ange :* de mon côté je l'ai mise
en vers, et je ne m'en repens pas : je te l'en-
verrai précédée de commentaires, qui prouvent
que j'ai pu m'en occuper après le traducteur.

La conversation s'échauffa. Voyant qu'il conservait un espoir qui le ferait taxer de vanité ;
je t'aurai bientôt réduit au silence, lui dis-je
à mon tour. Tu oses te croire assez de talent
pour surpasser tes maîtres ! à genoux, morbleu,
ou je te frappe d'un boulet de quarante-huit,
et tu meurs. Je dis, et le coup part. On devine
aisément ce que c'est que ce coup fatal que je
crus lui porter ; qu'il s'agissait de l'éloge de
M. de *St.-Ange*, par M. l'abbé *Delille*, éloge
qui *semble* devoir fermer toutes les bouches,
et que voici.

Que tu rends bien ce chantre ingénieux,
Qui d'un style brillant, facile, harmonieux,
Nous raconte si bien l'origine des choses,

Leurs effets et leurs causes,
Tous ces enchantemens, ces miracles divers,
Dont la fable *autrefois* (*) embellit l'univers :
Sur un ruisseau qui fait son charme et son supplice
Courbe le crédule Narcisse,
Qui dans ce frais et limpide miroir,
Voit flotter son image et se plaît à se voir ;
Sur les feuilles d'un lys avec grace dépose
Le nom de cet Ajax fameux par ses revers :
Du malheureux Atys, du triste *Cyparisse*, (**)
Change les bras en rameaux verds ;
Teint du sang d'Adonis la pourpre d'une rose ;
Des beaux cheveux de la jeune Daphné,
Adroitement compose
La guirlande du Dieu qui de ses pleurs arrose
Les festons verdoyans dont il est couronné !
Quand il raconte *ces prestiges*, (***)

_____

(*) Cet *autrefois* n'est peut-être pas là sans malice.

(**) *Cyparisse* ; cherchez la rime.

(***) C es *prestiges*. Faites attention au genre de *prestiges* dont M. l'abbé Delille a fait choix, et que, pour composer cette *ébauche* de complimens, il emprunte à Ovide *tout* ce qu'il a de plus charmant.

Son poëme est pour nous le premier des prodiges.
Il peuple en se jouant, l'air, la terre et les mers.
　　Son ame empreinte dans tes vers,
　Me ferait croire à la métempsycóse;
　　Et ta brillante version
　　Est (je le dis sans fiction)
　　Sa plus belle métamorphose. (D ᴇʟ.)

Je connais ces vers, me répond mon cousin :
si tu as cru me renverser en me les répétant,
tu t'es trompé bien fort : ils peuvent faire vivre
celui à qui ils sont adressés; mais ils ne me
tueront pas et je parlerai : oui je parlerai. Eh !
mon ami, mon cher Aristenète ! ne vois-tu pas
que si Delille te plaît, même dans ces vers si
peu soignés, c'est qu'en artiste délicat, il ne
prend que la fleur des sujets que St.-Ange a
chantés, *à principio usque ad finem ?* Delille ne
parle de métamorphose qu'*en passant,* comme
Virgile des jardins; attendu les grandes difficultés à vaincre, ainsi qu'on en peut juger par
le mot *iniquis,* lorsqu'après avoir décrit rapi-
dement les vergers du vieillard d'*Œbalie,* il dit :

Verum hœc ipse equidem spatiis exclusus, iniquis,
Prætereo, atque aliis post commemoranda relinquo

« *Je laisse à d'autres* ce que je ne me soucie
» pas de chanter; la matière est trop *ingrate* ».

Crois-tu donc, si les Métamorphoses d'Ovide
étaient autre chose qu'un tissu de prodiges
invraisemblables, si l'incroyable pouvait avoir
les attraits de la vérité, s'il y avait moyen d'in-
téresser encore aujourd'hui avec ces récits, que
l'abbé Delille eût laissé traduire Ovide par un
autre? C'est la NATURE qu'il cherche, et la
nature *à son aurore*.

Ce que l'abbé *Delille* écrit à *St.-Ange*, n'est
rien de plus qu'un *compliment*.

Ainsi parla Corébus. Il m'avait dit qu'il m'enverrait sa métamorphose; il m'a tenu parole.
Je ferai d'autant moins de difficulté de mettre
sous les yeux du lecteur cette *tentative* de sa
façon, que cette fois, par hasard, il se montre
presqu'aussi poli que moi, et garde avec M. de
St.-Ange les ménagemens dûs à un homme de
lettres, qui s'est fait une réputation, sans le
secours des coteries..... chose rare!

CORÉBUS

A SON COUSIN ARISTENÈTE.

(Juillet 1804.)

La fantaisie me prit, il y a vingt ans, d'essayer de rendre quelques passages des sœurs de Phaëton, négligemment traduits par M. de St.-Ange, et dont le lecteur était en droit d'exiger un compte rigoureux. J'ai cédé à la demangeaison.

Ai-je eu raison d'entrer dans l'arène ? Je le crois. Mais ce n'est pas assez : le lecteur est en droit d'exiger mes motifs.

M. de St.-Ange me paraît avoir sauté, à pieds joints, pardessus quelques difficultés *qu'il aurait pu vaincre*. Moi, j'en ai laissé une grande de côté, celle d'écrire comme lui en rimes *accouplées*. De plus, je me contente d'*imiter*. Ainsi je prends mes aises ; comme tout conteur : je profite de l'avantage que donnent les rimes croisées, dont l'arrangement arbitraire préserve des longueurs, contribue à l'harmonie, et facilite les repos. J'ai dit que le *traducteur* laisse quelquefois de côté des beautés *frappantes*. Pour t'en

convaincre, passe en revue les Sections
de métamorphoses qui conduisent au changement des Sœurs de Phaëton en peuplier,
tu trouveras, dans la sixième section, ce vers
si beau :

Ardet in immensum geminatis ignibus Ætna.

A l'aspect d'un pareil tableau, vous éprouvez
un sentiment d'admiration si grand, que vous
en demeurez stupéfait. Cependant M. de *St.-
Ange* est là, tout à côté, qui vous dit :

« L'Æthna double ses feux des feux du firma-
ment ».

Et voilà que vous avez tout-à-coup repris vos
sens, parce que les mots *ardet* et *immensum*,
ne se trouvant pas dans son vers, la grande
image disparaît. De plus encore, parce que
M. de St.-Ange commence son vers par *Ætna*,
mot qui devait le terminer.

La différence est grande, cependant, entre
bos procumbit humi et *procumbit humi bos*.

Comme je ne veux point passer pour un
agresseur trop minutieux, je franchis deux

Sections des Métamorphoses, et me transporte
à la neuvième. Je lis dans Ovide :

> *(Si modo credimus) unum*
> *Isse diem sine sole ferunt : incendia lumen*
> *Præbebant.*

Je trouve dans M. de *St.-Ange :*

« Au récit de vieux tems, *si même nous croyons,*
» On dit qu'un jour entier, privé de ses rayons,
» Le monde *eut* pour clarté le feu qui le *ravage*».

Ravage pour *ravageait.* Ovide dit *præbebant.*
Laissons cela cependant, et ne parlons que
de la faiblesse de la copie d'un aussi grand
tableau : j'en appelle à quiconque est en état
de comparer.

Viennent ensuite d'autres vers latins, dont
le *traducteur* s'est encore bien plus éloigné.

Quand on a lu dans Ovide :

> *Hic situs est Phaëton, currus auriga paterni,*
> *Quem si non tenuit magnis tamen excidit ausis ;*

et que le cœur est douloureusement affecté de
cette manière de dire si simple et si touchante;

qui pourrait ne pas reprocher au *traducteur*
de substituer à cette inscription, qui parle *aux*
passans, (*) une apostrophe de quatre *grands*
vers à Phaëton? Et quelle apostrophe! Comme
le dernier vers *dégrade* la beauté de celui
d'Ovide : *Magnis tamen excidit ausis.*

« *Repose* Phaëton, (**) *ton* nom est immortel.
» Tu voulus t'élever sur le char de ton père,

(*) En général c'est aux passans et non aux
morts que s'adressent les inscriptions des tom-
beaux. *Sta viator.* M. H. GASTON, plus fidèle
à l'antiquité que M. de St.-Ange, dit dans son
ODE :

    « Aux lieux, où fut jadis Athènes,
    » Le *voyageur* à lu ces mots :
    » A PÉRICLÈS, à DÉMOSTHÈNES ».

Rien de plus, et cela est fort beau.

(**) « *Phaëton, ton ton* ». Oh! que cela est
doux et harmonieux! « *Repose* ». Ne croirait-
on pas entendre une femme *reconnaissante* qui,
sortant du lit la première, dit à son mari :
repose, mon ami, dors.

» Et ta chûte a suivi son essor téméraire ꜝ
» Il est beau de tomber *quand on tombe du Ciel* ?

Quelle chûte! Que ne disiez-vous?

Il est beau de tomber, quand on tombe des nues.

le vers aurait été encore plus comique : *Credas
penitùs migrasse camenœ.* Est-ce qu'Ovide parle
de *Ciel?* mot qui chez nous a deux sens. Est-
ce qu'il dit qu'*il est beau de tomber?* Non. Il
dit que Phaëton est tombé; *excidit.* Et il ajoute
magnis ausis; motif de consolation pour la
mère, à qui *la pierre dit:* Une entreprise hardie,
une grande entreprise a causé la chûte de
Phaëton : il est mort victime de son audace;
mais.... il a occupé un moment *la place d'un
immortel.* Tel est le commentaire des trois mots
gravés : *magnis excidit auris* (*).

(*) *Quinault* a dit, et cela est poétique :

« Il est beau qu'un mortel jusques aux Cieux
                                        s'élève,
» Il est beau même d'en tomber ».

Oh! combien le traducteur perdrait, si cette métamorphose était ainsi examinée d'un bout à l'autre!

Si l'on désire savoir de quelle manière il a rendu la peinture suivante :

> *Lugubrit et amens*
> *Et laniata sinus, totum persensuit orbem :*
> *Exanimes artus primo, mox ossa requirens....*
> *Reperit ossa tamen ;*

pour équivalent de *et laniata sinus*, on trouvera dans la TRADUCTION : *les cheveux épars.*

Et pour *exanimes artus primo....; mox ossa*, vous aurez ce vers sans couleur, sans expression, sec et dénué de sentiment :

« Elle cherche partout les *restes* de son fils ».

Dites donc au moins les *tristes restes*, autrement c'est parler aussi froidement que s'il était question des *restes* d'un repas.

Viennent ensuite d'autres vers latins, dont la beauté reste encore toute entière à Ovide : ceux-ci, par exemple, au moment où Clymène a trouvé le tombeau de son fils :

Incubuit *que loco, nomenque in marmore lectum*
Perfudit *lacrymis... et aperto pectore fovit.*

Remarquez cette fin de vers : voyez quel
tableau!.... Jetez maintenant les yeux sur la
copie. « Elle (Clymène) :

» Elle embrasse le marbre où sa cendre repose,
» Y lit son nom gravé, que de pleurs elle arrose;
» *La* COUVRE E BAISERS (*), et *croit*, dans
ses douleurs,
» Que ce marbre, sensible est sensible à ses
pleurs ».

Ce dernier vers est un jeu de mots , dans le
genre d'Ovide, quand il fait de l'esprit mal à
propos; mais c'est une faute qu'il n'a pas faite
ici. Il n'est point question dans le latin de cette
insensibilité sensible. Clymène n'y est point pré-
sentée *croyant* ce que le traducteur lui fait dire.
Clymène *sait* que Phaéton est mort : elle essaye
de *réchauffer sa cendre* à l'aide de son sein ,
dont elle couvre et presse le froid monument.
Fovit aperto pectore.

(*) *Aperto pectore fovit!* la couvre de baisers!!!
C'est sa maîtresse que l'on couvre de *baisers.*

Un autre vers qu'il est difficile de ne pas
remarquer dans la *traduction*, c'est celui-ci :

« Trois fois l'astre changeant, qu'un feu pâle
                                        colore,
» Croît, décroît tour à tour ».

Et cela pour :

Luna quater *junctis implerat cornibus orbem.*

Voit-on dans M. de *St.-Ange* ce CROISSANT
peint par Ovide aussi bien qu'il le serait sur
la toile, et mieux encore, puisqu'il est peint
mobile ? A quoi bon cet inutile et fade hémistiche ? *Qu'un feu pâle colore.*

Oui sans doute, il y a possibilité de tirer
un meilleur parti de tous ces beaux vers du
poëte latin. Je crois surtout que tout français
est intéressé à venger la langue dont les ressources ont *toutes* été oubliées dans le passage
que je vais citer encore ; passage si beau dans
Ovide, si dénué *d'expression*, si négligé dans
M. de *St.-Ange.*

« Il faut toujours, dit Buffon, (en parlant
» de l'expression) il faut toujours joindre

» l'*image* à l'idée. Il faut même que l'*image*
» précède l'idée, pour y préparer l'esprit ».

Voyons si M. de Saint - Ange a obéi à ce
précepte, et si (comme le prescrit encore
d'Alembert), *il est à l'unisson de son sujet.*

Au moment où Clymène éperdue, à l'aspect
de l'écorce qui couvre par degrés le corps de
ses filles, cède à l'impétuosité du sentiment
maternel, qui lui dit *d'arracher* cette écorce;
Ovide, (joignant l'*image* à l'idée) s'exprime
ainsi :

. . . . Trun*cis* avel*lere* corpora *tentat*
Et teneros manibus ramos abrumpit, etc.

. . . .

Par*ce*, precor, *nostrum laniatur in* arbore *corpus.*

Là-dedans je compte quinze R. Voyez cependant comme le *traducteur* est coulant et doux
à contre tems !

En *blessant* les rameaux c'est nous que vous *blessez.*

Un vers aussi facile pourrait être proposé
pour modèle à un rimeur aspirant à *versifier,*
et cherchant cette manière de dire où les mots
se *prêtent* comme un brin d'or passant à la

filière : mais on se garderait de proposer ce
même vers à quiconque voudrait rendre fidèlement le latin; car, ici, la *rudesse* doit tenir
lieu de cette *molle aisance.*

Le point exquis de la versification est assez
défini par nos maîtres. *L'oreille* et *l'esprit* doivent
être également satisfaits. Ce que la Poésie
offre à *l'intell'gence*, par des mots, elle le peint
à *l'oreille*, par une musique analogue.

Jamque rubescebat stellis aurora fugatis.

Quelle harmonie, et quel tableau mouvant ! Ici
l'oreille et l'esprit sont tous deux contens; c'est
un effet que *Virgile* et *Racine* ne manquent
jamais de produire.

La douceur d'un vers peut *flatter*, mais elle
ne *satisfait* qu'autant qu'elle est *exigée* par l'objet
dont on parle. Il serait facile de citer mille et
mille beaux vers latins ou français, où se trouve
ce qui constitue L'Harmonie poétique, je
veux dire *le rapport des sons et des mots* avec
l'objet de la pensée. M. Delille à cet égard, est
et sera éternellement un modèle.

Les sons *gracieux* sont inconvenans pour
peindre ce qui est pénible et dur comme ici :

nostrum laniatur in arbore *corpus*. Donc ce vers si doux de M. de *St.-Ange* :

« En *blessant* les rameaux c'est nous que vous
blessez ».

ne vaut rien du tout.

Blessez! c'est bien là le mot! Il faut si peu de chose pour blesser une femme! Il suffit quelquefois d'y toucher.

Nostrum laniatur in arbore *corpus.*

Le *traducteur* ne sent donc pas que, dans ce moment, la malheureuse mère *déchire* ses enfans, en voulant les secourir; que la chair tient à l'écorce, et qu'elle en emporte des lambeaux, comme Hercule, arrachant de dessus son corps la robe empoisonnée du CENTAURE. Ah! que n'a-t-il lu les beaux vers de *Theveneau* sur ce sujet terrible!

Où sont toutes ces R, employées à dessein par le poëte, pour peindre la *rupture*, le *brisement* des branches :

Et teneros manibus ramos abrumpit, etc.

Ainsi Virgile en voulant peindre le bruit des cordages sur lesquels le vent se brise, et les cris douloureux des matelots, au fort de la tempête, prodigue les R dans ce vers inimitable :

Clamorque virum, stridorque rudentum.

Ailleurs :

Fremet horribus ore cruento.

Ailleurs :

Monstrum horrendum, informe, ingens, etc.

Ailleurs encore :

. . . . *Crepitans salit horrida grando.*

De pareilles peintures exigent que *le copiste* épuise toutes les ressources de sa langue, pour approcher du texte : voyez *Delille.* Si *Virgile* dit :

Illius *immensæ* ruperunt *horrea messes.*

Vous trouvez en échange, dans son imitateur :

« Ses *greniers crouleront* sous le grains entassés ».

24

Oh! qui retrouvera l'art de transporter dans notre langue les beautés du latin aussi bien que l'a fait Racine? Quel enchanteur! Je l'ai dit, je m'en souviens : eh bien! je le répète. Lisez Virgile, lisez Racine ensuite, vous ne croirez pas avoir changé d'auteur. Comme tous les grands poëtes, Racine *emprunte* des beautés à ses prédécesseurs; mais l'imitateur est l'*égal* du modèle. Ecoutez et jugez.

Nox erat, et placidum carpebant fessa soporem Corpora *per terras;* sylvæque et sæva quierant Æquora; (dit Virgile.)

Racine se saisit de cette image hardie, et la rend d'une manière non moins sublime, en faisant interroger Agamemnon par Arcas.

« Tout dort, dit Arcas :
» . . . . et *l'armée* et les *vents* et *Neptune* ».

Trois mots établissent la correspondance des deux poëtes, et le mot *vents* n'est pas moins beau que *sylvæ*; car si les Vents ne *dormaient pas*, les forêts seraient nécessairement agitées.

Un dernier passage d'Ovide, passage digne de

remarque et sur lequel M. de *St.-Ange* reste
en arrière : c'est celui qui termine la métamorphose.

Jamque vale. Au lieu de faire dire à Clymène
par ses filles : *Adieu, nous vous perdons;* sentiment filial, regret qui ne pourrait qu'augmen-
ter la tendresse d'une mère sûre d'être aimée;
M. de *St.-Ange* dit :

« *Vous nous perdes* ».

Et pour : *Verbaque in novissima venit,* nous
lisons dans le *traducteur :*

. . . . L'écorce, qui s'élève,
Presse leurs derniers mots, « *qu'un long soupir
achève* ».

Eh ! pourquoi donc tant traîner, à l'aide d'un
hémistiche *emprunté ?* Pourquoi ne pas dire,
avec la rapidité d'Ovide :

L'écorce a tout couvert, et la bouche est fermée.

Ovide a senti que le lecteur devait souffrir
à l'aspect du long supplice dont il le fait le
témoin : il l'abrège, il le termine : *jamque*

vale. Adieu, *nous vous perdons ;* et non pas
« *Vous nous perdez* ». Le traducteur n'a pas senti
que ce sentiment filial, ce triste regret : *nous
vous perdons,* double la tendresse de la mère,
en augmentant son supplice ; et qu'il n'y a rien
de plus froid que de lui dire ce qu'elle ne voit
que trop : « *vous nous perdez* ». Enfin cette
manière de terminer que je propose :

L'écorce a tout couvert, et la bouche est fermée.

donne du repos à l'ame. Le supplice est fini.
J'ose m'en applaudir, quoique ce vers m'appartienne ; et M. de *St.-Ange* doit me pardonner
ce sentiment de préférence qui ne dure guère,
quand je pense à tant d'autres beaux endroits
de son modèle qu'il a si fidèlement et si admirablement rendus.

Voilà un préambule bien long ! oui ; mais
sans un tel examen aurais-je pu me flatter
qu'on me pardonnerait d'avoir touché *à la
plume* de M. de *St.-Ange ?* Si j'ai fait une imprudence d'y porter la main, comme Phaéton
en fit une de vouloir guider le char du soleil ;
je suis intéressé à ne pas me montrer si faible
qu'on n'applaudisse pas du moins à *ma har-*

diesse. Je veux que cette plume, dont je me serai servi sans succès, fasse dire de moi :

Quam si non tenuit, magnis tamen excidit ausis.

Voici mon *imitation.*

. . . . *Inania morti,*
Munera dant lacrimas . . . . . .
                                    OVID.

MÈRES, écoutez moins votre sensible cœur. (*)
Les fruits de l'hyménée ont pour vous trop de
                                    charmes.
Vous laissez à l'enfance un ascendant vainqueur !
Consultez ses besoins, non ses cris et ses larmes :
Tant d'amour, bien souvent, la conduit au mal-
                                    heur.

SENSIBLE au vœu pressant de la terre embrâsée,

(*) CLYMÈNE, mère de Phaéton, fut cause de sa perte, par la faiblesse qu'elle eut de seconder son orgueilleux désir.

Jupin avait frappé de son bras foudroyant
Le jeune audacieux, de qui l'ame abusée,
Espéra du Soleil guider le char brûlant.
Tout un jour se passa, sans que d'autre lumière
Que la flamme des monts se montrât sur la terre.
Alors le monde en feu lui-même s'éclaira....... (*)
Jour affreux ! quels flambeaux ! le Caucase, l'Ida,
Les Alpes, l'Apennin montrent leur cime ardente.
Un double feu s'irrite au sommet de l'Ætna. (**)
Partout règnent le deuil, l'horreur et l'épouvante.
On doute si Phébus de nouveau paraîtra :
    L'Univers tremble dans l'attente.

Au fond de son palais Apollon consterné,
Oublie et les mortels et la céleste sphère.
La mort de Phaéton a fait cacher son père ;
Son beau front obscurci, sous un crêpe est voilé.

CLYMÈNE avait pleuré.... comme pleure une mère
Qui, par un coup subit, se voit ravir son fils.
Ses discours, ses soupirs, ses sanglots et ses cris,

(*)   (*Si modo credimus*) *unum*
Isse diem sole ferunt : incendia lumen
Præbebant.

(**) *Ardet in immensum geminatis ignibus Ætna.*

Avaient peint sa douleur amère.
Furieuse, elle court, arrachant ses cheveux,
Et déchirant son sein : sur la terre et sur l'onde
 Elle cherche partout le monde
De son cher Phaëton les restes précieux ...
Ils sont vers une plage éloignée, étrangère.
L'Eridan a lavé le corps noir et fumant
Du jeune audacieux qu'a frappé le tonnerre.
 Les restes de ce bel enfant
Par le fleuve apportés, reposent sur la rive :
Le marbre les recèle; une Muse plaintive (*)
Y mit ces mots : *Ci-gît le jeune Phaëton,*
Qui tenta de guider les chevaux de son père.

(*) Les connaisseurs diront si je n'ai pas bien
fait de reporter ici l'épitaphe qui termine dans
Ovide la section de métamorphose qui *précède*
celle-ci. C'est à eux de juger de l'intérêt qui
en résulte.

Quant à l'épitaphe en elle – même on se
souvient que j'ai critiqué ce que M. de Saint-
Ange appelle la *traduction* de *Magnis tamen
excidit ausis.*

« Il est beau de tomber *quand on tombe du Ciel* »

Si Phaëton fut téméraire ,
Son audace du moins éternise son nom.
Consolante épitaphe ! une douleur moins vive
Que celle d'une mère, au moins en la lisant,
Eût éprouvé peut-être un doux soulagement.

Sur ces funestes bords enfin Clymène arrive.
Qui pourrait exprimer les divers mouvemens,
　　La douleur, les déchiremens
Du cœur de cette mère éplorée, éperdue,
Quand ce triste appareil vint à frapper sa vue ?
Elle embrasse le marbre où sont les ossemens
D'un fils qu'elle adora : ses cris se font entendre.
Son cœur brûle, agité sur ce froid monument.
　　Elle veut réchauffer la cendre (*)
De ce fils qui n'est plus, et l'appelle en pleurant.

Ah ! que n'est-elle seule en cet affreux moment !
Les filles du Soleil ont oublié leurs charmes.
　　Sensibles sœurs de Phaëton,
Elles frappent leur sein, elles versent des larmes :
Heureuses si leur voix pénétrait chez Pluton !
Mais, dans les airs, au loin leur plainte et em-
　　　　　　　　　　　　portée.
Sur ce tombeau fatal, qui leur offre un vain nom ,

(*) *Et aperto pectore fovit.*

Chacune d'elles tombe et demeure arrêtée.
Pleurs, soupirs, désespoir, inutiles tributs; (*)
Leur frère est chez les morts ; leur frère n'entend
plus.
Mais quel est le mortel qui, s'abusant soi-même,
Privé d'un fils, d'un frère, ou d'un objet charmant
N'espère pas revoir, retrouver ce qu'il aime?

TÉMOIN de leur douleur, dans les airs cependant
Diane avait rempli quatre fois son croissant, (**)
Et tous les jours encore aux pleurs abandonnées
On les voit sur la tombe à gémir *obstinées*; (***)
La douleur les consume, et la mort les attend.
Jupiter abrégea ce supplice trop lent.
Phaëtuse, l'une d'entr'elles,
Se voulant prosterner, sent ses genoux roidis. (****)

_____

(*) *Non auditurum miseras Phaëtonta querelas.*
(**) *Luna quater junctis implerat cornibus orbem.*
(***) «Qu'attendez-vous Seigneur d'un silence
obstiné »,
(RACINE.)
« Je voulus m'*obstiner* à vous être fidèle». (*id.*)
Réponse à un Critique.
(****) *Diriguisse pedes.* Ce n'est qu'Ovide à la
main que l'on peut juger lequel, du *traducteur*

« Secourez-moi, mes sœurs. Dieux !... ô rigueurs
　　　　　　　　　　　　　　　　　nouvelles !
» Je garde, malgré moi, l'attitude où je suis » !
Un premier mouvement a courbé Lampétie :
Ses bras sont étendus ; on la voit s'efforcer
　　　D'aller vers celle qui l'en prie ;
Ses pieds enracinés enchaînent son envie :
Elle tient à la terre, et ne peut s'élancer.
Une troisième alors veut en vain arracher
　　　De son beau front la flottante parure :
Ce n'est plus ce présent qu'elle eut de la nature ;
　　　Des feuilles tombent sous sa main,
Elles ont remplacé sa blonde chevelure.
L'écorce qui s'élève, atteignant la ceinture,
Déjà de la pudeur a caché les trésors.
L'une gémit, se plaint de se voir, à mi-corps,
　　　Changée en un tronc immobile ;
L'autre de voir ses bras, maintenant sans ressorts,
Se dresser.... n'offrant plus qu'une branche
　　　　　　　　　　　　　　　　indocile.
Et tandis que d'effroi leur esprit est frappé,
Tout leur corps, par degré, se trouve enveloppé.

────────────────────────

ou du simple *imitateur*, s'est le plus rapproché
du texte dans ce changement des sœurs de
Phaéton en arbres.

La bouche seule échappe à ce destin funeste : (*)
Pour un moment encor cet organe leur reste.
Chacune de Clymène implore le secours.

    Mais que peut cette tendre mère ?
    A ses sanglots, à sa prière,
    Déjà les Dieux sont restés sourds.

Qui la secondera ? Que faut-il qu'elle espère ?
« C'est trop laisser parler ma stérile douleur ;
» Obéiss-vus, dit-elle, aux élans de mon cœur ».

Les vents sont moins légers, les éclairs moins
                        rapides.

    Elle fait, à tous ses enfans,
Partager la douceur de ses embrassemens.
Son amour tout entier, sur ses lèvres avides,
Recueille leurs soupirs, interrompt leurs adieux,
Et s'abreuve des pleurs qui coulent de leurs yeux.
Elle fait plus ; son cœur lui dit de les défendre,
    Et de les disputer aux Dieux.
Dangereuse pitié ! qu'ose-t-elle entreprendre ?
Prompte à les secourir, son imprudente main
Veut arracher l'écorce, et déchire leur sein.
En brisant leurs *rameaux*, c'est leurs bras qu'elle
                  brise (**).

(*) .... *Extabant tantum ora vocantia matrem.*
(**) *Et teneros manibus ramos abrumpit.*

Le sang coule... effrayée elle voit sa méprise.
« Laissez agir les Dieux, n'augmentez pas nos
                                        maux »,
Dit chacune, souffrant de se voir trop aimée.
« Ma mère, épargnez-nous, respectez nos rameaux ;
« Adieu.... Nous vous perdons ». Ce sont leurs
                                        derniers mots.
L'écorce a tout couvert, et la bouche est
                                        fermée. (*)

~~~~~~~~~~~~~~

J'ai critiqué quelques vers de M. de *Saint-
Ange*, mais je lui ai rendu justice sur *l'importance de son travail* et le mérite de beaucoup
de difficultés vaincues.

Il est certain que s'il avait voulu apporter
plus de soin à ses ouvrages *tant en vers qu'en
prose*, on y remarquerait moins d'*imperfection*.
Il en avait été averti en Septembre 1776 par
FRERON, à l'occasion de sa traduction d'un
Roman Anglais, Roman moral intitulé L'HOMME
DU MONDE.

_____

(*) *Cortex verba in novissima venit.*

Freron dit « qu'il ne connaît *aucun* ouvrage
» moderne qui fournisse un aussi grand nombre
» de négligences de style, de phrases à prétention
» et ridiculement maniérées qui déparent cette
» traduction », et il le prouve par une foule de
citations, dont on en peut citer quelques-unes,
pour faire voir que (dans cette circonstance)
Freron ne fut pas injuste.

PHRASES.

« Il fit d'abord tout ce qui lui *plut* parce
» qu'on ne vou*lut* pas contraindre ses inclina-
» tions de trop bonne heure; et dans la suite
».il fit encore ce qui lui *plut*, parce qu'il n'était
» *plus* tems de se contraindre ».

Ailleurs le critique observe que le génie
simple de notre langue ne permet pas de donner
un fauteuil à l'amitié, une *table* à la gaîté, ni
d'entourer cette table et ce fauteuil d'*épines* et
de *filets*.

AUTRES PHRASES.

« La grossiéreté des sens profondément sourde ».

« Des plaisirs qui tressaillent dans le sein de
la délicatesse ».

25

« Je parle de ce que ma délicatesse n'aurait
» pas même dû soupirer dans le sein de l'amitié ».

« Le cœur d'un homme le bien qui peut
» saigner et même saigner jusqu'à mourir ».

« Une vertu gênée dans son poste ».

« Le dialogue de leurs cœurs ».

« Un regard pensif et sentimental ».

« Revêtir l'habit de la prudence ».

Je ne fais le relevé de ces phrases, que pour
me faire pardonner d'avoir essayé de surmonter
dans mon imitation, quelques difficultés que
M. de St.-Ange *pourrait vaincre* et qu'il a laissées
de côté ; ce qui ne serait pas arrivé s'il avait
suivi les conseils de *Freron* ; s'il s'était obstiné
à soigner son style et à lutter (en fait d'harmonie imitative) contre beaucoup de passages
d'Ovide, dont la traduction n'est souvent fidèle
que *quant au sens*.

~~~~~~

L'ÉLÉPHANT BLANC.

. . . . . *Hic* (*) *levare functum*
pauperem laboribus
vocatus atque non vocatus audit.

Tout vieillit, tout prend fin, nous a dit en
beaux vers
Un philosophe Rat, l'un des deux Rats d'Horace.
Parmi les animaux divers,
Quoiqu'il en dise, et quoiqu'il fasse,
L'homme même, l'homme a sa place :
A toute heure il lui faut cheminer vers le but
Fixé par la nature, et payer le tribut
Que le pauvre attend, qu'il désire,
Et dont le riche est révolté ! . . .
Qu'il est affreux le sombre empire
Pour tout Crésus désenchanté !

Prêt à mourir de maladie
Certain Éléphant blanc qui, dans des bassins d'or

(*) *Portitor Orci;* Caron : il rend aux malheureux le service de les délivrer de leurs peines
et de leur misère.

Avait mangé toute sa vie ;
Qui, tout couvert de broderie,
Voyait, comme un sultan d'Asie,
Tout un monde à ses pieds se prosterner encor ;
Ne gémissait pas moins. -- Qu'as-tu donc à te
plaindre ?
Lui dit son Cornac étonné.
-- D'avoir été trop fortuné ,
Lui répond l'Éléphant ; d'avoir, aussitôt né ,
Vécu comblé d'honneurs ; à jouir condamné,
Sans rien désirer, sans rien craindre !
Que n'ai-je été toujours en proie à la douleur !
La mort fait mon supplice, elle eût fait mon
bonheur.

~~~~~~

L'ABEILLE ET LE PAPILLON.

Sous le rapport de l'inconstance
On a peint jusqu'ici le léger Papillon :
Sous celui du travail et de l'intelligence
L'Abeille a figuré. Trop courte est la leçon.
        De la folie à la prudence
        Et de l'Esprit au Jugement
    Tous deux encor prouvent la différence.
        Là-dessus, je crois bonnement
        Qu'on me devine, et que d'avance
        On adhère à mon sentiment.
Le Jugement compare, il ajoute, il retranche
Il est lent à produire ; il est lent à parler.
        L'Esprit est l'Oiseau sur la branche,
        Toujours prêt à s'envoler.

Dans un parterre où Flore étalait sa corbeille,
Arrive un Papillon : oh, oh! dit l'étourdi,
Le beau Lys! dans son cœur que fait donc cette
                                    Abeille!
        Aura-t-elle bientôt fini ?
Le pillage est son but, et l'on en fait l'éloge!
    Avec plus de raison maint poëte du jour
En vers, sans se lasser, parle de mon amour.

La belle ! allons, que l'on déloge :
Vous m'entendez : chacun son tour.

L'ABEILLE garde le silence :.
On croirait qu'elle n'entend pas
Mon muguet, qui dans l'air mollement se balance;
Qui, de lui-même épris, fier de son élégance,
　　Glorieux de ses attentats,
Vient du Lys, en passant, chiffonner les appas,
Sans souci, sans besoin, et sans reconnaissance !
Mais piquée à la fin de son impertinence;
Retire-toi, dit-elle, amoureux effronté ;
　　Folet éblouissant, dont la postérité
　　Ne doit causer que du dommage !
Est-ce à moi que le tems doit être disputé ?
　　J'en ai besoin pour la provision
Dont l'homme, tu le sais, tire un double avantage.
　　Fuis, ou crains que mon aiguillon
　　N'abrège un tems, dont sans raison,
　　Tu fais un si mauvais usage.
A ce mot d'aiguillon, notre agresseur tremblant,
Trop faible pour combattre et cette arme terrible,
　　Et celle du raisonnement,
　　Répond : je crains peu les effets
　　De ta ménace ; elle est risible :
Mon vol irrégulier me dérobe à tes traits.
Fais ta cire et ton miel. O la sotte ouvrière !
Qui travaille, pour qui ? pour l'homme ! par ma foi.

Serve qui voudra le corsaire ;
Je travaille et je vis pour moi.

Voila bien nos têtes légères ,
Ces beaux esprits d'un jour, remplis de vanité,
Qui gauchement et de côté
Promènent sur toutes matières
Leur fatigante nullité.
Mais bientôt triomphant de la fatuité ,
L'auteur laborieux, écrivain sédentaire
Qui s'oublie, et n'est excité
Que par l'honneur d'être utile et de plaire ,
L'écarte, et parvient seul à la célébrité.

LE RENARD VENGÉ.

A la cour du Lion BERTRAND le nouvelliste
    Fit quelque tems ce qui lui plut.
Singe de son métier, impudent s'il en fut,
Ennemi des beaux arts, grimacier, plat copiste,
De tous sot écrivain digne panégyriste;
Mais chassant au GÉNIE, et toujours à l'affut ;
Bas valet au surplus. Selon la circonstance
Il allait ravalant ceux qu'il avait loués,
    Et, de peur de faire abstinence,
Louait ceux qu'autrefois il avait ravalés. (*)
Il réussit pourtant ! bizarre providence !
Quand le juste patit, un Bertrand ! paix, silence ;
L'avenir est pour vous : au grand jour du trépas
Les justes vont là-haut, et les fripons là-bas :
Pensez que plus d'un saint en a fait la remarque,
Et croyez-les. Voilà notre animal boufon
    Devenu le fou du Monarque,
Dont, par fois, le perfide endormait la raison.
La faveur nous aveugle : il crut le fanfaron,
Qu'il pourrait au Renard faire passer la barque,

(*) *Quo teneam vultu mutantem Protea nodo?*

On m'entend, la barque à Caron.
Celui-ci, cependant, se défiant du traître,
Vif et prompt serviteur en toute occasion,
  Se conservait l'ami du maître :
Mais le jaloux Bertrand tout seul le voulait être,
Et toujours près du Roi, frondait son compagnon.
Le Renard, disait-il, est sans religion :
Sermoneur dangereux, il prêche une morale
  Qui met tout en combustion.
J'entendis, l'autre jour, de sa bouche infernale
  Sortir ces mots : si je pouvais régner !
-- Lui régner ! -- Il est souple, insinuant, oblique;
Il regarde en dessous! craignez sa politique,
  Craignez, craignez de l'épargner.
-- Qu'on le fasse venir. Le Renard se présente.
Est-il vrai, dit le Roi, que mon pouvoir te tente?
  - Oui Sire. -- Malheureux! quel est donc ton
                                    dessein?
Voudrais-tu de ton Roi devenir l'assassin?
-- Non, mais le digne appui. L'autorité suprême
Sied trop bien sur un front favorisé des Dieux.
Permettez seulement qu'un moment dans ces lieux
  Je commande comme vous-même;
Un moment, rien de plus : punissez-moi de mort
Si, ce moment passé, je veux régner encor,
Et si tous les beaux arts, transportés d'alégresse,
N'applaudissent en chœur à ma haute sagesse.

A ces conditions le Roi s'étant rendu ;
Vite, vite un cordeau ; le tems fuit, le tems presse·
Dit l'animal rusé, dont l'ordre est attendu :
Il le donne : ô justice ! ô publique alégresse !
Aujourd'hui même encor on en rit au Permesse :
Le Renard abdiqua ;.. quand Bertrand fut pendu..

Mon Renard savait de jeunesse
Que Zoïle en plein air, jadis, eut même sort
Au tems du Roi Philopator.

⁓⁓⁓⁓⁓⁓⁓⁓⁓⁓⁓⁓⁓⁓⁓⁓⁓⁓⁓⁓⁓⁓⁓⁓

L'ANE PENSEUR. (im.)

« *Tout mangeur doit passer par le col d'un*
  mangeur.
» -- *Qui vous l'a dit ? -- Qui ? je le tiens d'un oie*
» *Qu'engraissait un traitant pour lui manger le foie.*
» *Le traitant eut son tour, etc.* ».

(Aristenète, Comédie bourgeoise.)

Trop de mets, trop d'argent de male-mort sont
  cause.
Phèdre le dit en vers, Charon le dit en prose.
Salomon, dans ses chants, jusqu'à satiété,
    Nous répète la même chose :
    Mais qui diable en a profité?
    Personne. O la sotte manie
De vouloir aux humains, poëte sermoneur,
Enseigner le chemin qui mène au vrai bonheur !
    N'importe; d'un Ane penseur
Je veux vous dire un trait, plein de philosophie,
Un trait, propre à donner une utile frayeur
A tant d'ambitieux raffolant de grandeur,
Avides de bons mets, soupirans après l'or,

Geus qu'Erasine déclare attaqués de folie
Et négligeant le vrai trésor. (*)

Pour se rendre Hercule propice,
Jadis un trafiquant, égaré dans les bois,
Entendant des voleurs les sifflets et la voix,
A ce terrible Dieu promit un sacrifice,
Tint parole, et d'un Porc bien venu, gros et gras
    Paya la faveur accordée. (A)
Or, quoique Dom Pourceau, de belle orge mondée
    Eut vécu, jusqu'à son trépas,
Abondamment servi pour ses quatre repas;
Il en restait pourtant. Le maître avait un Ane,
Pauvre hère, à qui rien ne passait par le bec,
Sinon l'herbe des champs ou bien du foin tout sec.
Le restant de cette orge est offert au profane;
    On croit qu'on va le régaler.
Lui de s'en détourner, de secouer la tête!
    Qu'a donc cette maligne bête?
Dit le maître surpris. L'Ane alors de parler,
Motivant son refus de si belle manière,
Que le maître *a quia*, n'eut rien à repliquer.
    Puisqu'il faut, dit-il, m'expliquer,
Ainsi soit. Franchement ce grain me tenterait....

(*) La modération des désirs. *Contentus parve.*

.. Eh bien donc? un chardon fera mieux mon
affaire.
S'engraisse qui voudra : je crains la bonne chère ;
Je vois trop bien ce qu'il en est.
Le Cochon n'aurait pas tant mangé de votre orge,
Si la félicité que tout gourmand se fait,
Lui laissait entrevoir qu'un jour son corps douillet
Peut lui faire couper la gorge.

Or dites-moi ; de cette profondeur
De jugement de notre Ane docteur
Que pensez-vous? Quelle fut sa patrie?
Au siècle de Sylla, tems de trouble et d'horreur,
Moi je crois qu'il vécut dans l'antique Italie ;
Car, en France, on s'engraisse, on s'enrichit sans
peur.

VARIANTE.

« Et d'un Porc gros et gras,
» Régala Sa Majesté Sainte ». (A)

(A) *Régala Sa Majesté Sainte.*

Nous avons mis de côté cette leçon qui ren-
drait presque mot à mot : *sancto Herculi.* Nous
l'avons fait, quoique ce soit une loi, d'être fidèle
au texte, et qu'il eût été aisé de voir, qu'en
nous exprimant, ainsi ce n'était pas chrétienne-

ment parlant que nous rendions à HERCULE
le même honneur que les Romains et les Grecs.
Properce, le saluant a dit aussi SANCTE *Pater,*
d'accord avec *Phèdre.* Mais l'un et l'autre ont
été vertement blâmés par *Arnobe*, qui ne
pensait pas sans doute que purger la terre de
brigands et de monstres, ce fut un titre à la
sanctification. « Cet HERCULE que vous ap-
» pelez *Saint*, dit - il aux payens, a donné
» de belles preuves de sainteté auprès de son
» Omphale »!

Nous avons cru bien faire de nous conformer
au sentiment d'ARNOBE. Ce n'est pourtant pas
sans une sorte d'appréhension que nous avons
fait ce sacrifice; sachant bien que nous nous
exposons à la censure d'un vigoureux pédant,
critique de profession qui, jaloux de passer
pour saint, ne verra peut-être pas sans humeur
que nous ayons privé son patron d'un si beau
titre.

L'ÉCUREUIL ET LE COURTISAN.

(I.M.)

Les mouvemens de l'Ecureuil
Sont bien décris dans le recueil
De *Pesselier* le fabuliste : (*)
S'occuper du même sujet
Et suivre l'auteur à la piste,
Ne serait pas un beau projet ;
Vu qu'en moralisant il ne va pas au fait. (**)

Grace à plus d'un naturaliste,
Du petit *Sciurus*, vif et leste animal,
Hôte des bois de mignonne structure,
On a vu le manége, on connaît la figure ;
Je passe outre et je crois que je ne fais pas mal.
Des Courtisans aussi trop vieille est la peinture,
Pour qu'il faille la répéter.

(*) Loué à toute outrance dans le dictionnaire historique de 1779. Il a fait des comédies et des fables *dont on ne parle plus*. Justice finale.

(**) Une simple note ne suffirait pas pour le prouver ; voyez les remarques à la suite des deux fables.

Au fait, au fait, et tâchons de conclure,
   Sans plus longtems nous arrêter.

Un Courtisan niais, un jour se mit à rire,
Voyant un Ecureuil, malheureux Ixion,
Dans sa roue enfermé, témoignant son martyre;
S'agitant, sans trouver le bonheur qu'il désire,
Sans pouvoir ni fixer ni briser sa prison!
« Ce petit quadrupède est dit-il en délire.
» Pas perdus sans motif : rien de ce qui respire
» Ne prouva jamais mieux un manque de raison».
L'étourdi prétendu pouvait le laisser dire,
Et d'un air de mépris payer son jugement;
Mais, piqué jusqu'au vif, il aima mieux l'instruire.
S'il est un fou, dit-il, c'est toi : mon tournoiement
    Et ton éternel mouvement
    Ont une exacte ressemblance :
    Mais, mon cher, que notre espérance
    Et que nos vœux sont différens !
    Malgré moi je fus mis en cage,
Et m'y vois retenu contre ma volonté.
    Je cours après la liberté;
    Tu ne veux toi que l'esclavage.

R E M A R Q U E S.

Le lecteur a pu voir que, dans tout cet opus-
cule, à l'aide des deux lettres i m. ; *imitation*,

J'ai fait connaître mes modèles, et rendu à chacun ce qui lui appartient.

Toutes les fois que j'ai emprunté j'ai cherché à embellir : tant pis pour moi si je n'ai pas réussi. J'aurai du moins fait preuve de loyauté.

Si l'on me demande ce qui m'a porté à prendre quelquefois en sous-œuvre des sujets traités par d'autres; c'est répondrai-je, parce que j'ai souvent été choqué de deux choses; la première que dans beaucoup de fables, rendues publiques et louées outre mesure, faute d'examen, les auteurs se sont totalement écartés du caractère physique et moral des animaux qu'ils ont mis en scène : la seconde c'est que la moralité n'est pas toujours celle qui devait sortir du sujet; d'où il suit que le lecteur ne jouit pas du plaisir que lui donne un esprit juste dans ses rapprochemens.

Par exemple, dans la fable de *Pesselier* ; (j'attaque celui - ci, parce que les éloges lui ayant été prodigués, on est en droit de le juger plus sévèrement qu'un autre.) dans sa fable intitulée l'Ecureuil, M. *Pesselier* met en scène un *Courtisan* et, chose étonnante, ne tire aucun

parti de ce personnage. On va voir d'ailleurs
qu'il est d'une gaucherie qu'on est tenté malgré
soi, de faire disparaître ; parce que le parti qu'il
est possible de tirer d'un sujet avorté se présente
à l'instant.

Pesselier (dans son début), dit de l'Ecureuil
qu'il pirouette *pour s'amuser l.* que ses Manières
sont *ridicules ;* qu'il cherche *la justesse de*
l'Equilibre ; toutes suppositions contraires au
vœu du prisonnier ; et il finit ainsi :

« Que l'Homme est plein de *vanité l*
» Il rit de ma *légéreté,*
» Tandis que les accès de sa folie extrême
» Le font errer de tout côte,
» Courrir, aller, venir, retourner sur lui-même,
» Sans jamais parvenir à la *tranquillité*
» Qui ferait sa félicité ».

La félicité, sans doute, peut se trouver dans
l'Equilibre, c'est-à-dire dans la modération des
désirs, et quand la dépense n'excède pas le
revenu. Mais le genre de *félicité* que cherchent
un Ecureuil et un Courtisan, est tout autre.
Prêter à l'Ecureuil un autre motif de son agitation

en cage, que celui de retourner dans les bois ;
le traiter *d'extravagant*, c'est lui donner un
caractère qui n'appartient qu'au Courtisan qui
le critique.

J'ai donc pu, sans passer pour un plagiaire,
emprunter les acteurs de *l'esselier*, et mettre
dans leur bouche le *contraire* de ce qu'il leur
a fait dire. Sa fable est une pierre brute que
j'ai trouvée et taillée à ma fantaisie. Si cette
fable eût été polie, et que l'ayant vue seulement
privée de son lustre, par le tems qui ternit et
vieillit tout, je m'étais contenté (comme plus
d'un coupable) de la repolir, et de me donner
pour le premier lapidaire ; je n'aurais, comme
eux, rien autre chose à répondre, sinon que
le tems de la création est passé, et que les *in-*
venteurs ne sont pas communs.

Combien de preuves de vrai plagiat ne pourrait-
on pas donner ! La fable des TROIS FURIES,
si remarquable par sa singularité et par son
mordant, se *retrouve* toute entière dans LA
MORALE ENJOUÉE du Mls. de *Culand*, seigneur
de Ciré, imprimée à Cologne en 1783.

Dans un autre genre *Bernis* s'est montré un
insigne larron. La romance qui a fait sa fortune :

« Que ne suis-je la fougère, etc. »

appartient à un homme de beaucoup d'esprit, mais sans graces, *Lamothe Houdard. Bernis* n'a rien changé au fond des idées, donc il fut plagiaire.

Je dis que nous n'avons aujourd'hui que très-peu d'*inventeurs :* ceux qui le sont avec succès, méritent de notre part une attention particulière.

M. *Ginguené* a beaucoup inventé. J'ai cherché, sans le découvrir, dans quel auteur ancien Marius *Arnaud* avait pris l'idée de l'une de ses meilleures fables, LE COUP DE FUSIL. Je crois ce petit chef-d'œuvre sorti de sa tête : je le crois d'autant plus, que j'y vois une intention qui ne sent pas la vétusté. Je reconnais le personnage dont il a voulu parler, et qu'il peint d'après nature : je reconnais cet homme du jour qui n'a pour but que de faire parler de lui, de faire du bruit, et un bruit *répété!*

Cette fable m'a tellement plu que j'ai cédé au désir de m'en emparer, non en français, on la connaît trop; je veux dire de la mettre en latin. Si la copie ne vaut pas l'original, tant mieux ; j'aurai réussi à le faire valoir.

SAMBUCI FULMINANTIS ICTUS,

FABULA.

IMMENSA in sylvâ, quamvis non sulfure plenus,
Tela Jovis simulans, uno meus ignifer ictu
Sambucus omne quatit nemus ; sed in æquore campi
Nequicquam tubulo pulvis duplicatus abundat ;
Vix missæ exiguum glandis sonitum æthera reddunt.

NONNE hodierna foret forsan historia famæ ?
Qui bene sortitur scenam, qui garrit in aures,
Omnia puncta tulit. Clari mentitur honorem
Nominis, effusus stridor quem reddidit echo.

Les connaisseurs pourront remarquer que,
dans la traduction, je laisse de côté trois mots :
c'est un fait exprès.

Si j'étais de l'institut (temple dont les des-
servans doivent avoir plus d'esprit que nous),
je proposerais à mon confrère de supprimer de
sa fable ces trois mots dont je parle : *un court
instant.* L'auteur les a crus nécessaires, pour
ne rien laisser à désirer ; moi je les trouve inutiles.
En effet ce n'est pas s'expliquer à demi que de
dire d'un coup de fusil, tiré *dans la plaine,*

« *A peine on l'entend à vingt pas* ».

puisqu'alors, autant en emporte le vent. D'ailleurs l'épithète *court*, n'ajoute rien à son subs-
tantif *instant*. Tout instant est court. On dit les
momens sont courts ; mais quand l'action est
rapide comme l'éclair, le mot instant suffit.

~~~~~~

EPILOGUE.

« A Dieu Pégase ; à Dieu les Muses ».

Voici que je ressemble à ces vignes apauvries dont la grappe fluette n'offre plus que des grains d'une extrême petitesse, conservant peut-être un reste de saveur, mais dans l'intérieur desquelles l'œil cherche envain le pepin oblitéré, signe de dégradation dont je m'aperçois, dont je conviens, et dont le trop fécond abbé Aubert devrait convenir à son tour.

Languere cœpit, annis ingravantibus.

Oui, mon cher abbé! oui vous étiez ce que vous n'êtes plus. Comment vous excepterais-je de la comparaison que je fais ici, entre les premières productions d'un auteur usé par le tems, et les derniers fruits du bois appelé gaîment le bois tortu? Dans votre édition de L'Ane Ministre, (le St.-Florentin sans doute qui ronflait au conseil,) l'admirable fiction des Mites ; l'histoire morale de Colas et Fanfan, le Patriarche etc., (productions de votre bon tems) je vois la grappe de la terre promise ; mais depuis.... Ah ! pardon, pardon mon cher et

ancien maître ; consolez-vous ; c'est quelque chose
encore, c'est beaucoup pour un auteur octogé-
naire, de se voir assimilé au menu grain du
raisin de Corinthe! Consultez là-dessus les hommes
friands de ce fruit délicat, et , tout à la fois,
recherchant les bons morceaux en littérature :
ces docteurs *in utroque*, vous diront si je vous
rends justice.

Allons, mon vieux ami , aimable fabuliste!
émule du bon homme... (*en* 1770).

Puisse un éditeur futur , (plus curieux de
votre réputation que d'argent) vous faire la
ponction, vous alléger..! Partez, allez, volez
au sein des Muses qui vous ont allaité ; Voltaire
vous a jugé favorablement ; Voltaire vous soit
en aide!

FIN DES APOLOGUES.